자기 속도대로 살아도
괜찮은 세상
함께 만들어 주셔서
감사합니다 ♡

느려도 괜찮아 빛나는 너니까

2024. 6.26
지   우리

느려도
괜찮아
빛나는
너니까

홍림의 마음_

넓고 붉은 숲이라는 중의적 의미를 담고 있는 <홍림>은, 세상을 향해 그리스도인들이 추구해야할 사유와
그리스도교적 행동양식의 바람직한 길을 모색하고자 노력하고 있습니다. 폭넓은 독자층을 향해 열린 시각
으로 이 시대 그리스도인의 역할 고민을 감당하며, 하늘의 소망을 품고 사는 은혜 받은 '붉은 무리'紅林:홍
림로서의 숲을 조성하는데 <홍림>이 독자 여러분과 함께하고자 합니다.

느려도 괜찮아 빛나는 너니까

지 은 이   장누리
사진·삽화   장누리
펴 낸 이   김은주

1판 1쇄 인쇄 2020년 3월 12일
1판 2쇄 발행 2021년 5월 10일

펴 낸 곳 홍 림
등   록   제 312-2007-000044호17
전자우편   hongrimpub@gmail.com
인   쇄   동양인쇄
총   판   (주)비전북 031-907-3927

값은 표지에 있습니다.
ISBN 978-89-6934-023-8 (03810)

이 도서의 국립중앙도서관 출판예정도서목록(CIP)은 서지정보유통지원시스템 홈페이지(http://seoji.
nl.go.kr)와 국가자료종합목록 구축시스템(http://kolis-net.nl.go.kr)에서 이용하실 수 있습니다. (CIP제
어번호 : CIP2020009169)

느려도 괜찮아
빛나는 너니까

글/그림 **장누리**

홍림

일러두기

1. 이 책에 실린 글들은 저자가 지난 4년 간 블로그에 올린 글들로, 책으로 엮어지면 서 일부 구성에 의해 시간 배열이 혼용되어 있다.
2. 이 책에 등장하는 인물들 중 일부는 실명이 아닌 가명을 사용하였다.
3. 일반적으로 교육현장에서 사용하는 용어는 띄어쓰기하지 않았다.
4. 이 책에 사용된 모든 삽화는 저자가 글을 쓸 당시 직접 그린 것으로 저작권은 저 자에게 있다.
5. 저자의 요구에 따라 머리말의 어미는 '-합니다'체를 허용하였으며, 머리말을 제 외한 본문의 모든 어미는 '-하다'체를 사용하였다.

저를 비롯해 장애아동과 함께하는
이땅의 모든 부모님들, 가족들에게
이 책이 작은 위로와 힘이 되었으면 좋겠습니다.

–

장누리

머리말

     엄마는 초등학생인 언니와 저를 여러 학원에 보냈습니다. 언니는 피아노 치는 것을, 저는 그림 그리는 것을 좋아해서 그 특기를 살려 대학에도 진학했습니다. 그러나 막상 들어간 대학이란 곳에서는 입시미술에서 배운 것이 소용 없고, 배움도 막연하기만 했습니다. 작품을 인정받지 못하는 상황이 내 평범한 삶때문이라 비관하기도 여러 번, 결국 학점 이수를 위해 대학을 다녔습니다.

  대학에 입학하면서 시작한 미술학원 강사 일을 오랜 시간 하였습니다. 아마도 제 작품에 대해 점수가 박한 대학보다 학원에서의 인정받는 시스템이 더 좋았던 것 같습니다. 학원에서 오랜 시간을 보내며 아이들의 그림을 통해 그 마음을 하나 둘 발견하게 되면서 미술치료에 관심을 갖게 되었고 본격적으로 공부를 하게 되었습니다.

     미술치료사로 일하며 교회 오빠와 결혼을 하였고 첫째 진유와 둘째 온유를 낳았습니다. 진유를 키울 때까지 지극히 평범했던 제 삶은 온유를 키우면서 달라졌습니다. 더딘 신체·언어발달과 계속되는 발작은, 엄마인 저의 모든 감각을 곤두세우기에 충분했고, 온유를 향한 세상의 편견과 차별을 경험하게 되면서 매일매일은 온몸을 두들겨 맞는 듯 두려웠고 또 치열했습니다.

온유에게 내려진 '뇌전증'이란 병명은 참으로 낯설었습니다. 병원에서 처방된 오르필 시럽을 복용하며 발작은 호전되었지만, 더딘 발달로 인한 발달센터에서의 각종 치료수업은 3년 넘게 계속되었습니다. 언젠가 따라잡겠지, '네 덕분에 어디서도 받지 못하는 비싼 임상실습 수업을 받는다'라고 생각하며 담담하게 지내던 저는 다시 한 번 혼란에 빠졌습니다. 초등학교 입학을 앞두고 받은 온유의 발달검사 결과에서 온유가 지적장애 중증 진단을 받은 것입니다.

내 아이의 장애를 있는 그대로 받아들이기까지 힘들었던 지난 시간들을 되돌아보니 온유를 비장애아이로 만들기 위해 다그쳤던 노력들이 부끄러워집니다. 온유는 언제나 밝고 당당한, 동일한 아이였는데 저는 부끄러운 엄마이자 말로만 치료사였습니다.

치료사로 활동할 때에는 머리로만 알았던 소아뇌전증·발달장애아 부모의 삶을, 온유를 키우며 하나부터 열까지 경험하고 느끼던 중에 기록용으로 블로그에 글을 하나 둘 올리기 시작했습니다. 글들이 쌓이면서 많은 이웃을 만나고 서로 울고 웃으며 보듬고 소통하는 일이 너무 소중하고 행복한 일이 되었습니다. 부모, 형제, 남편, 친구조차 깊이 공감해주기 어려운 삶을 나누며 서로 위로하고 격려하는 시간들이었습니다.

'좋아요'와 댓글을 남겨주는 많은 이웃 덕분에 혼자만의 폐쇄적인 생각에서 탈피할 수 있었습니다. 그들의 응원이 있어 뇌전증 환우와

장애인을 향한 불편한 시선과 은근한 차별, 대한민국 국민으로서의 당연한 권리를 누릴 수 없는 상황들로부터 함몰되지 않을 수 있었습니다. 나 혼자 이런 불편과 고통을 당하는 것이 아님을 알게 되니 힘을 낼 수 있었고 뇌전증과 장애를 대하는 인식을 위해 노력할 수 있었습니다. 책을 통해서는 알 수 없는 수많은 '소수의 삶'을 이해하게 되었습니다. 우울해지기 쉬운 장애아부모로서의 삶을 지탱하게 하고 글을 쓰게 하는 원동력이 이웃들이었음을 이 지면을 통해 고백합니다.

그리고 발달장애를 바라보는 새로운 눈을 뜨게 해주신 김성남 대표님과 더 나은 미술치료사로서의 초심을 다잡게 해주시는 박현창 대표님께도 이 자리를 대신해 깊은 감사를 드립니다. 또 자신에 대한 글들을 싣도록 허락해준 영원한 동반자인 남편과, 무조건적인 도움을 주는 친정 가족들이 아니었으면 이 책이 만들어질 수 없었음을 알기에 감사드립니다.

마지막으로 블로그 안의 글들을 가치 있게 봐주시고 책으로 만들어주신 홍림출판사 김은주 대표님께 마음 깊이 감사드립니다. 저의 보잘것없는 글이 뇌전증과 발달장애 아이를 키우는 부모들에게 공감을 너머 위로가 되기를 바랍니다. 또 장애에 무관심했던 분들에게는 장애인 가족의 삶을 이해하는 데에 작은 도움이 되기를 바랍니다.

온유의 초등학교 입학을 한 달 앞둔 2020년 2월에

진형우리

차 례

1부

괜찮아。 고마워。 사랑해。

2부

엄마는 미술치료사

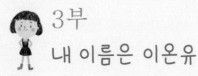

3부
내 이름은 이온유

4부
세상 가장 행복한 아이

5부
'약속을 잘해요'

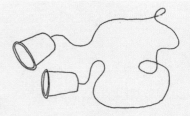

>> 아이가 잘 자고 있는지 가까이 가서 숨소리를 듣고
미세한 배의 오르내림을 말없이 지켜보던 때가 있었다.
내 몸이 충전되어서인지 어제의 지지고 볶고
고성이 오갔던 밤 기억은 말끔히 사라지고,
세상모르고 자는 아이가 살아있음에 감사하다.
모든 사람이 이 아침을 맞이하는 것은 아니다.
이 마음으로 하루를 감사함으로 살아야겠다. "

1부

괜찮아
고마워
사랑해

그래도 괜찮아

사랑스런 딸 온유는 지난 주 수요일에 어린이집에서 다시 대발작을 하여 서울대어린이병원에서 사실상 뇌전증 진단을 받고 매일 하루 세 번 약을 복용하기 시작했다. 천 명에 두 명 꼴로 진단받고 우리 주변에 많은 사람들이 갖고 있지만 쉬쉬하는 질병 중 하나 뇌전증. 우리 아이를 통해 또 공부를 하고 세상과 부딪히게 되니 감사해야 하나….

어린이집으로부터 연락받고 정신없이 뛰어간 날, 응급조치를 직접 취할 상황에 처한 온유의 담임선생님은 당황해 울고 있었고, 온유와 같은 반 아이들 넷은 모두 놀라 온유를 가운데 두고 지켜보고 있었다.

커갈수록 주변의 시선을 감당할 수 있게 내면이 건강한 아이로 더 열심히 키워야겠다.

세상의 편견

요 며칠 세상의 편견을 경험했다. 온유는 우리 동네에 있는 유일한 공동육아에서 받아들일 수 없는 아이가 되었다. 사람들의 뇌전증에 대한 선입견과 편견이 만 네 살의 아이를 바라보는 전부인 것 같다.

면접 분위기가 너무 좋아 등원하라는 전화를 기다리고 있었던 우리 부부에게는 세상의 차가운 편견을 처음 온몸으로 맞닥뜨리는 사건이었다. 공동육아를 하는 곳이 모두 이러지는 않겠지만 그래도 일반 어

세상의 편견을 경험했다

온유는 우리 동네에 있는 유일한
공동육아에서 받아들일 수 없는 아이가 되었다. 사람들의 뇌전증
에 대한 선입견과 편견이 만 네 살의 아이를 바라보는 전부인 것
같다. 등원하라는 전화를 기다리고 있었던 우리 부부에게는 세상
의 차가운 편견을 처음 온몸으로 맞닥뜨리는 사건이었다.

린이집과는 다를 것이라 기대했는데, 사람들의 동의와 합의로 운영이 되는 곳이라 그런지 당초의 공동육아 이념은 온데간데 없지 싶다. 준비가 안 되었다는 것이 이유였는데 그런 것은 언제쯤 준비가 되는 걸까. 아이들의 갑작스런 병이나 사고에 준비란 게 필요하긴 할까.

여행은 무리

사촌동생 결혼식이 있어 오랜만에 온 가족이 부산 여행에 나섰다. 어릴 적에 엄마가 아버지 회사 직원들의 밥을 해 먹이느라 바쁠 때, 엄마를 도와 나를 키워준 막내 고모네 집에 혼사가 있었다. 결혼 후 처음으로 남편과 아이들 데리고 가서 하룻밤 자고 맛난 것도 먹고 좋았다. 딱 하루였다.

하고 싶은 것이 너무 많은 온유. 피곤하면 잘 만도 하건만 간만에 외출이 좋았는지 낮잠도 거르고 해운대 백사장을 신나게 뛰어다녔다. 그러나 그 일정을 끝으로 부산 여행은 막을 내렸다. 온유의 응급실행으로 우리 가족은 계획했던 일정보다 부산에서 일찍 철수했다.

온유에게 여행은 아직 무리인가 보다. 엄마가 미안해.

뇌전증 약 오르필

온유는 하루에 두 번, 4밀리리터의 오르필(항진정제) 시럽을 먹는다. 약 맛이 소화제와 비슷한데 달콤해서 그런지 거부감 없이 잘 먹는다. 다만 내가 가끔 까먹는다. 아침 아홉 시와 저녁 아홉 시에 두

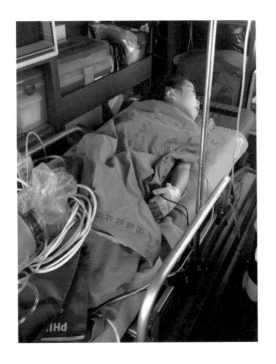

엄마가 미안해

오랜만에 가족이 움직인 부산 여행은 해운대 백사장 일정을 끝으로 막을 내렸다. 온유의 응급실행으로 우리 가족은 계획했던 일정보다 부산에서 일찍 철수했다.

번을 먹이는데도 가끔 깜빡깜빡해서 남편이 한 번 더 확인해준다. 처음 처방을 받아 하루에 세 번, 1밀리리터씩을 먹일 때는 어린이집에서 선생님이 세 시쯤 먹여주어야 했는데, 저녁이 되어서야 못 먹였다고 알려준 적이 몇 번 있었다. 강조해 당부했는데 하원 후에야 약을 못 먹였다고 연락받으면 화가 나기도 했다가, 먹이지 않고 먹였다고 하지 않아 다행이라는 생각을 했다. 다행히 약 복용 한 달 후부터 하루에 두 번만 복용해도 되어서 집에서만 먹일 수 있게 되었다.

약을 한 번에 많이 처방해 주면 좋은데 언제나 빠듯하다. 아이 상태도 체크하고 약을 규칙적으로 먹이는 것이 중요하니 진료에 꼬박꼬박 오라는 의미 같다. 약 처방을 많이 받고 싶은 건 병원까지 가는 길이 만만한 거리가 아니어서다. 왕복 세 시간이 넘게 걸린다. 그래도 한 달에 한 번, 온유를 데리고 복잡한 시내 한가운데에 있는 병원에 열심히 다녔다. 괜찮아졌다고 방심하여 두 달 간격으로 예약을 잡으면 꼭 피곤한 상황이 만들어지기도 했다. 아이가 경련을 해서 구급차를 타고 가까운 대학병원 응급실을 다녀와 정기 진료 때 의사 선생님을 만나면 뭐라 혼내는 것도 아닌데 내가 스스로 숙제 못 한 학생마냥 주눅이 들기도 여러 번이었다.

아이를 데리고 제시간에 맞춰 병원에 가도 진료가 밀려 대기시간이 평균 한 시간이다. 놀이터에서 시간 보내기도 잠깐이고 간식도, 핸드폰 보여주는 일에도 한계가 있다. 당연히 병원 다녀오는 날에는 언제나 녹초가 된다. 왕복 세 시간을 넘게 왕복하고, 병원에 가서 대기시간이 한 시간이 넘는데 진료는 1분이 채 안 되는 것 같다. 외래약국에서 약을 받으려면 또 한참이다. 건물 안쪽 외진 곳에 사람이 적은 곳으로

감사한 하루의 시작

           온유는 하루에 두 번, 4밀리리티의 오르필(힝진정제) 시럽을 먹는다. 약 맛이 소화제와 비슷한데 달콤해서 그런지 거부감 없이 잘 먹는다. 다만 내가 가끔 까먹는다.

가서 후다닥 지어 집으로 온다. 가까운 대학병원에서도 처방받을 수 있는 약이지만 부모 마음이 그렇지 않은 것 같다. 지방 내학병원에서도 진단받고 약 처방받았지만 먹이지 못하고 고민하다가 다시 서울로 올라와 시간과 돈을 들여 며칠 동안 입원해 검사받는 부모들을 많이 보았다. 그 부모들 마음도 다 같으리라 생각된다. 다양한 케이스를 많이 접하고 꾸준히 연구하는 의사에게 진료 받고 싶어서 그럴 것이다.

알고 보면 흔한 병

온유 정기진료를 다녀왔다. 아무 일도 없었다며 행복해 하는 내 한마디를 듣고 잠시 기록을 훑어보던 의사 선생님이, 이번까지 두 달 텀으로 보고, 괜찮으면 세 달에 한 번으로 진료받는 간격을 늘리자고 한다. '아, 기뻐라. 방심하지 말고 온유 컨디션 잘 관리해야지.'

오랜만에 병원을 다녀오니 생각이 많아진다. 경련 때문에 병원에 가면 유전력을 물어본다. 직계 가족들의 유전 이력만 주로 물어보는데 우리 집의 경우, 직계에는 없으나 한 다리 건너면 내 주변에 둘이나 있다. 지금은 서른 살이 넘은 막내 고모의 딸도 일곱 살까지 경련이 심해 약을 먹었다고 하고, 둘째 고모의 여섯 살짜리 손자도 몇 년째 약을 먹으며 검사를 받고 있다. 가까운 친인척 중에 둘이나 있다는 건, 우리 쪽 유전력이 특이하거나, 아니면 뇌전증이 흔히 발생하는 질병이란 얘기일 것이다. 모두 심각한 뇌전증은 아니라 서른 살 넘은 고모의 딸은 이제 결혼해서 아이 낳고 잘 지내고 있다. 사촌오빠의 여섯 살아들인 고모의 손주도 유치원에 잘 다니고 있다. 온유도 진단 후 세 달째 경련 없이 언어와 인지발달만 좀 더딘 채 잘 지내고 있다. 아이들은 뇌가 성장해감에 따라 자가 치유가 된다고도 하던데 그 가능성에 내 아이도 포함되기를 기도한다.

몇 달 전의 일이다. 온유는 며칠에 걸쳐 뇌파검사를 받았다. 입원해 있는 동안 같은 병실에서 만난 대학생이 있었다. 옆 침대의 그 대학생은 후천적인 케이스였다. 중학생 때 학교에서 일진 아이들에게 맞아 뇌손상을 입었다고 한다. 일상생활 중 위험에 노출되어 있어 수술을 위해 일부러 경련을 유도하려고 입원해 있었다. 대학생과 부모는 매우 담담해 보였다. "똥이 안 나오네. 하하호호" 했지만 약을 끊고 경련을 기다리는 시간이 얼마나 초조하고 두려웠을까. 새벽에 설핏 잠들었다가 시끄러운 소리에 깨어나서 그들의 그 마음을 실감했다. 대학생 아이는 경련을 하고 있었고 간호사와 의사들이 뛰어왔다. 어머니는 울부짖으며 호소했다. 진정제를 왜 빨리 안 주냐고, 왜 이렇게 오래 걸리냐고, 애 힘들어 죽는다고, 빨리 주사 달라고. 간호사는 담담했다. "알고 있어요. 선생님께 연락 드렸어요. 선생님 허락 떨어져야 줄 수 있어요. 주사 갖고 있어요. 아시잖아요. 연락했어요. 우리도 맘대로 줄 수가 없어요." 이 말만 기계같이 되풀이했다.

진정제가 투여되고 어머니는 아들을 쓰다듬으면서 실신 직전의 모습으로 오랫동안 울었다. "괜찮아, 괜찮아. 이제 다 끝났어. 수술 잘하면 이제 괜찮을 거야……"라고 했다. 다음 날 아침에 학생의 어머니로부터 새벽에 시끄러워 미안했다는 말과 함께 그간의 이야기들을 들

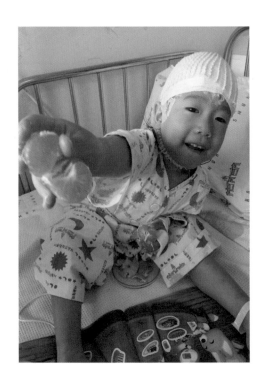

많은 사람들이 앓고 있지만, 내 아이가 아프기 전까지는
생소한 질병

　　　　뇌전증. 아이들은 뇌가 성장함에 따라 자가 치유가 된
다고도 하던데 그 가능성에 내 아이도 포함되기를 기도한다. 감기만
큼은 아닐지라도, 좀 더 포근하게 세상이 받아들일 수 있는 질병이
되었으면 좋겠다.

었다. 사연을 듣고 보니 그 학생처럼 후천적으로 뇌손상을 입은 사례도 정말 많겠구나 싶었다.

세상에 이렇게 많은 사람들이 경련으로 앓고 있는데, 내 아이가 아프기 전까지는 알지도 못했던 생소한 질병이 뇌전증이었다. 뇌전증 약 복용을 잊고 운전을 했다가 교통사고를 냈다는 기사를 본 적이 있다. 겪어보지 않으면 뇌전증은 그런 유사 이미지로만 인식되고 무서운 질병으로 기억된다. 그래서 더 음지로 들어가게 되고, 숨기고, 조용히 낫기만을 기다려야 하는 질병이 된 것 같다.

두 달 전 교회 유아부 선생님이 기도제목을 달라고 했다. 나는 온유의 뇌전증 호전을 위해 기도해 달라고 적어냈다. 다음 주, 예배 후에 만난 온유 손에는 유아부 아이들의 기도제목이 모두 적힌 종이가 들려 있었다. 유아부 부모들에게 복사해 배부하는 기도제목인 줄은 몰랐지만, 그래도 기분이 좋았다. 많은 사람들이 온유를 위해 기도해줄 테니까. 그런데 선생님은 여러 번 내게 전화해 사과를 했다.

"선생님, 정말 괜찮아요. 많은 사람이 온유를 위해 기도해주실 테니
저는 좋아요."

그 말에 선생님은 펑펑 울었다. 마음 졸였을 선생님도 이해 되고 뇌전증에 대한 세상의 인식도 알게 되어 씁쓸하기도 했던 순간이었다.

뇌전증. 감기만큼은 아닐지라도, 좀 더 포근하게 세상이 받아들일 수 있는 질병이 되었으면 좋겠다.

불안 불안 111일

온유가 경련을 안 한 지 백십일 일째다. 아기들이 태어나 58일, 179일이 되었다며 매일을 기록하는 엄마들을 본 적이 있다. 진유와 온유의 백일, 돌만 챙긴 나로서는 조금 유난맞아 보였다. 그랬던 내가 온유가 경련을 안 한 지 얼마가 되었는지 날짜를 카운팅하는 것이 이렇게 중요한 일이 될 줄이야. 그 날짜를 다시 0으로 되돌리기 싫어 아침에 일어나면 온유의 컨디션부터 살피는 것이 내 주요 일과의 시작이다. 오늘 어린이집에 가도 괜찮은지, 아니면 집에서 빈둥거리며 휴식을 취해야 하는지. 피로가 조금만 누적되어도 몸에 이상을 느끼며 토하고 경련을 하는 온유다. 어중간한 경계선에서 내가 확실하게 결정하는 것이 그래서 매우 중요하다.

지난 토요일, 오랜만에 올림픽공원에 다녀왔다. 결혼해서 2년을 보낸 곳이다. 걸어서 2분이면 올림픽공원과 석촌호수에 갈 수 있는 곳에서 우리 부부는 신혼을 보냈다. 신혼이라 좋았지만 신혼이라 힘들었던 시간을 추억하며, 그곳에서 가족 모두 주말의 여가를 보냈다. 진유와 온유는 킥보드를 타며 신나게 놀았는데 온유에게는 무리였던가 보다. 주일에 이어 월요일까지 피곤이 가시지 않았는지 힘들어했다. 가족나들이도 변변하게 하지 못하고, 초등학교 3학년 남자아이인 첫째를 너무 가둬 키우는 것 같아 늘 미안하던 차, 온 가족이 집에만 있기에도 가을 햇빛이 눈부셔 나섰던 것인데, 월요일 아침에 온유가 정신을 못 차리고 비틀거렸다. 비틀거리다가 자기 다리에 걸려 넘

어졌다. 결국 어린이집에 가려고 엘리베이터를 탔다가 눈에 바닥까지 깨질 듯한 다크 서클을 보고 다시 집으로 데리고 들어왔다. 몸은 분명 피곤한데, 조금 푹 자고 일어나면 아주 개운할 텐데, 하루 종일 자지도 놀지도 잘 먹지도 못했다. 신체 일부분을 내게 계속 치대며 안아 달라, 업어 달라고 했다. 또 자려고 하면 택배 벨에 오빠 하원소리에……

가끔은 이만큼 건강한 것이 어딘가 싶어 감사하다가도 조금의 피곤도 스르륵 넘기지 못하고, 37도가 조금 넘어가도 경련을 하는 온유 몸이 참 야속하다. 다른 아이들은 졸리면 주변이 공사장같이 시끄러워도 뚝딱 자던데 낮잠 한 번 수월하게 자지 않는 예민한 온유. 비교는 끝도 없고 내 영혼을 갉아먹는 지름길인 것을 알지만 나 역시 몸이 피곤하면 어쩔 도리가 없다. 결국 퇴근 후 운동하고 돌아온 남편의 밥만 차려주고 밖으로 나왔다. 예전에는 왜 빨리 안 들어오냐며 전화하던 남편도 하루 종일 온유와 실랑이 했을 내 생활이 어땠을지 알기에 피곤할 텐데도 묵묵히 온유를 씻겨 재워주었다. 덕분에 줄 서서 사야 하는 오사카에서 먹었던 것 같은 다코야끼를 사와서 맛있게 먹었다.

내일은 어린이집에 갈 수 있겠지? 어린이집에도 가고 경련 안 한지 112일도 될 수 있겠지? 이 하루하루를 잘 견디어 내면 언젠가 이 하루하루를 잘 살았다며 보답해줄 날이 올 것 같은 하루였다.

어디까지 조심해야 할까

오늘 두 달 만에 온유 정기진료 겸 오르필 약 처방을 받으러 서울대학병원에 갔다. 시간이 조금 남아 대학로 주변을 거닐었다. 대학 시절에 신선했던 민들레영토는 이제 딴 세상 이야기가 되었고, 마로니에 공원에는 아트페스티벌이 열리고 있었다. 강익중 작가의 작품이 바깥쪽에 전시되어 있어서 살짝 보고 왔다. 신호등을 건너려고 하는 순간 발 앞으로 떨어지는 나뭇잎을 물끄러미 바라보았다. 그냥 지나칠까 하다가 이 정도 여유도 없이 살면 안 되겠다 싶어 주워왔다. 가

을 색감의 나뭇잎이 너무 아름다운 계절이다.

온유는 다행스럽게도 금년 5월을 마지막으로 경련을 하지 않고 있다. 오늘 진료 때 의사 선생님은 계속 잘 지내준다면 내년 여름에 뇌파 검사를 해 보고 약을 줄여 보자고 했다. 선생님 제안을 듣는데 너무 기쁜 마음이 반, 두려운 마음이 반이었다. 약을 안 먹고도 건강할 수 있다면 정말 행복할 것 같은데 약을 안 먹었을 때처럼 의식이 갑자기 소멸되면서 위험한 곳에 쓰러지거나 경련을 하면 어쩌지 하는 두려움도 같이 들었다.

지난 금요일에 온유가 다니는 어린이집에서 야외소풍을 가려고 했었다. 그러다가 날씨가 너무 추워지는 바람에 키즈카페로 장소를 변경했다. 멀리 야외로 가면 안 보낼 생각이었는데 가까운 키즈카페에 간다고 하기에 검색을 해 보고 확인 후에 안전한 것 같아 보이기도 했고, 친구들과 함께하는 즐거움도 느껴보라는 마음에서 보내는 것으로 결정했었다. 아이가 가 있는 내내 마음을 졸이기는 했지만 다행히 잘 다녀와 주었다. 선생님이 저녁에 사진을 올려주었는데, 사진을 보고 너무 깜짝 놀랐다. 온유가 놀이기구를 타고 있었다. 4D영화관도 들어갔다고 했다. 다행히 별일은 없었지만, 뇌전증에 호전이 있을 때까지는 이후로 단체 활동에는 보내지 않기로 했다. 내가 이상한 건지, 어린이집에서 아직 온유 상태에 공감이 덜 된 탓인지 잘 모르겠다. 다른 아이들이 하는 것은 다 해야 한다고 한다면 내가 너무 과보호하는 엄마로 느껴질 것 같기도 하다. 어제 일로 다시 고민이 깊어졌다. 어디까지 조심해야 할지. 캠핑도 다녀오고 해외도 잘 다녀오는 다른 아이들의 씩씩함이 부러워지는 날이다.

1년 전 오늘

일 년 전 오늘은, 온유가 뇌전증 진단을 받고 약을 복용하기 시작한 날이다. 그때는 실감이 나지 않았다. 그저 담담하기만 했다. 당시 교회 선생님의 글이 내내 마음에 와 닿았다.

'온유가 참 네게 복이다.'

일 년을 되돌아보니 온유가 나를 참 많이 성장시킨 것 같다. 또래 아이들처럼 발달하지 않는 아이들과 그들의 부모 마음을 알게 해 줬고, 뇌전증과 또 다른 질병으로 아픈 아이들의 삶을 돌아보게 만들어 줬다.

느 리 더 라 도
아 프 더 라 도
존 재 만 으 로
감 사 한 존 재

선물

　　오늘 아침 어린이집 등원 준비를 하고 있는데 온유가 이상했다. 경련하기 전 증상이 보였다. 헛구역질을 계속 하고, 음식물을 살짝 토하더니 의식을 겨우 지탱하고 있었다. 오르필 시럽을 복용한 이후로 처음 보는 온유의 경련하기 전 증상이다. 긴장한 나는 119를 부를까 말까 고민을 했다. 다행히 상태가 호전되어 경련은 하지 않았다. 결국 뒹굴뒹굴 집에서 쉬게 했다.

　　최근 온유는 경로당 방문 행사를 앞두고 어린이집에서 율동 연습을 격하게 했다. 선생님이 격하게 시킨 건 절대 아니다. 같은 율동을 온유가 하면 격해진다. 두 다리는 붙이고 하늘을 향해 손가락으로 찌르며 엉덩이만 까딱까딱 반동을 주는 율동인데 그 동작을 온유가 하면 펄쩍펄쩍 뛰면서 격해진다. 며칠 동안 연습을 한 것뿐인데 평소 하지 않던 연습이 온유에게는 힘들고 부담이었던 것 같다. 어제 감각통합 선생님으로부터 온유가 수업중 침이 많이 흘렀다며, 온유가 아프고 난 뒤면 얼굴 근육이 많이 굳는다는 얘기를 들었다. 오늘 컨디션이 너무 안 좋아 어린이집에 못 가자 속상한 마음에 어제부터 벗고 입고를 반복했던 원복을 챙겨 입고 뒹굴거린다. 온유가 우선이기에 나는 센터 장님과의 점심 약속을 취소하고 오롯이 온유와 집에서 놀았다.

　　요즘 즐겨 듣는 노래가 있다. 멜로망스가 부른 〈선물〉. 온유의 존재가 하루의 선물임을 또 다시 느낀 하루다.

빛이 들어오면 자연스레 뜨던 눈

그렇게 너의 눈빛을 보곤

사랑에 눈을 떴어

항상 알고 있던 것들도 어딘가

새롭게 바뀐 것 같아

남의 얘기 같던 설레는 일들이

내게 일어나고 있어

나에게만 준비된 선물 같아

자그마한 모든 게 커져만 가

항상 평범했던 일상도

특별해지는 이 순간

...

멜로망스 노래 〈선물〉 중에서.

경련 없이 7개월째

　　요즘 동네 아이들과 함께 미술 수업을 하느라 살짝 바빴다. 하지만 절대 피곤하지 않게 모든 스케줄을 온유에게 맞춰서일까, 온유는 감사하게도 7개월째 경련 없이 잘 지내고 있다.

　이번 주에는 온유가 다니는 어린이집에서 현장학습이 있었다. 왕복 두 시간 거리의 양재에 있는 교통안전교육장까지 선생님 한 분이 아이 열두 명을 인솔해야 하는 상황이라 온유는 가면 안 될 것 같았다. 그러자 담임선생님이 보조 선생님 한 분도 합류한다며 보내라고 했다. 점심은 원에서 먹고, 크게 피곤하지 않을 것 같아 큰맘 먹고 보내기로 했다. 현장학습을 가서 경련이라도 하게 되면 무리하게 보낸 내 책임인 것 같아 불안함이 가득했지만 아이를 내 품에서만 키울 수도 없고, 또래와 함께할 수 있는 시간과 새로운 경험들을 박탈하는 것 같아서 큰 도전을 했다.

　온유를 보내고 근처 아파트 동 안에서 지켜보고 있는데, 온유네 반만 별도로 가서 그런지 버스가 아니라 어린이집 차를 타고 출발했다. 혹시나 인솔한 선생님에게 부담이 될까 싶었는데, 역시나 온유는 선생님 전담마크다. 발달이 더디어 발걸음이 불안정한 데다가 돌발행동을 많이 해서 언제나 불안한데 역시 잘 챙겨주셨다. 계속 마음 졸이며 도착할 때까지 손에서 핸드폰을 내려놓지 못하고 있었다. 다행히 잘 다녀왔고, 큰 산을 넘은 기분이었다. 큰 무리 없이 잘 하고 돌아온 온유를 보며 체력이 많이 좋아진 것 같다는 생각을 했다. 언제나 불안함은 있다. 내가 있는 곳에서 경련을 한다 한들 내가 아이를 위해 해줄

요즘 온유

요즘 온유는 '은, 는, 이, 가' 등의 조사를 조금씩 사용하고, 자기 전 몸을 긁으면서 '엄마가 해줘!'라는 말도 한다. 여전히 알아들을 수 없는 외계어(중국말 같다)를 중얼중얼 거리지만 말이 많이 늘었다. 병원 침대가 아닌 집 침대에 누워 말할 수 있는 평온한 하루에 감사할 뿐이다.

수 있는 것은 별로 없지만, 그래도 가족이 아닌 타인에게 아이를 맡길 때는 큰맘을 먹어야 하는 것 같다.

요즘 온유는 '은, 는, 이, 가' 등의 조사를 조금씩 사용하고, 자기 전에 몸을 긁으면서 '엄마가 해줘!'라는 말도 한다. 여전히 알아들을 수 없는 외계어(중국말 같다)를 중얼중얼 거리지만 말이 많이 늘었다. 병원 침대가 아닌 집 침대에 누워 말할 수 있는 평온한 하루에 감사할 뿐이다.

어린이날, 그리고 일 년 만의 경련

이번 주에 온유는 오빠들과 키즈카페에 다녀왔다. 가깝고 깨끗해서 좋은 곳인데, 온유가 이곳에서 경련을 한 적이 있어서 꺼리던 공간이었다. 온유가 경련했던 때, 온유가 경련했던 곳, 그런 것들은 잊혀지지도 않아서, 늘 힘든 기억들과 함께 가고 싶지 않은 목록에 오른다. 오빠들이 가고 싶어 하는 데다가 오래 지나기도 했고, 조금만 더 있음 온유가 경련 안 한지 일 년이 된다는 기쁨에 잘 놀다가 왔다. 구슬 아이스크림도 맛있게 먹고 희망에 가득 찬 즐거운 시간이었다.

오늘은 어린이 날! 온유는 느지막에 일어나 유부초밥으로 아침을 먹고 코딱지가 있는지도 모르고 밥을 먹다가 얼굴에 선크림을 발랐다. 아빠와 근처 도서관에 빌린 책을 반납하고, 생전 처음으로 얼굴에 페이스페인팅도 하고, 맥도널드에 들러 해피밀 세트도 사 먹고,

선물로 번개파워 옷에 어울리는 머리띠도 받았다. 그렇게 놀다가 마지막으로 아울렛에 잠깐 들렀다가 귀가했다.

그런데 집에 돌아온 온유가 갑자기 균형을 잃더니 빙글빙글 돌다가 넘어지고 휘청거렸다. 이상하다, 이상하다 하던 중에 중심을 잃고 뒤로 쓰려지려고 하는 온유를 붙잡았다. "안 돼!"하고 소리 지르며 가까스로 붙잡아서 안고, 첫째 진유와 야구하러 나간 남편을 급히 불렀다. 온유의 눈동자가 오른쪽으로 몰리는 것이 보였다. 처음에는 묻는 말에 대답도 했는데, 점점 말도 없어지고 구역질을 하려고 했다. 힘들어하는 아이를 붙들고 있던 시간이 대략 5분이 넘어가고 있었다. 집에 들어온 진유는 범죄 현장처럼 구토자리에 테이핑을 했다. 온유는 조금 나아지는 듯하더니 여전히 눈동자가 오른쪽으로 가 있고 대답을 못해서, 결국 구급차를 불렀다. 아파트 동 아래로 내려가서 구급차를 기다리는데 온유의 눈동자가 가운데로 다시 돌아오고, 대답도 하기 시작했다. 몸이 긴장하고 피곤했던 탓인지 졸음이 오는 것 같았다. 병원에 안 가도 되겠다 싶어 구급차를 취소하고 집으로 올라왔다. 재우면 편안해지겠지 했는데 일어나서 아까의 두 배가 넘는 음식물을 더 토해 내고 나서야 잠자리에 들었다. 아이를 재우고 나서 남편과 원인분석에 나섰다.

무엇때문에 그랬던 것일까? 해피밀 세트에 함께 나온 콜라일까? 오늘 스케줄이 과했을까? 음식 때문일까, 피곤함일까? 꼬리에 꼬리를 물다가, 어제 어린이집에서 어린이날 행사로 치른 체육활동에 생각이 멈췄다. 센터 감각통합 선생님이 수술로 인해 새로운 선생님과 수업을 하는데 짝 수업을 하는 감통선생님과 개인 수업을 하는 감통 선생님이 달랐던 것도 힘들었던 것 같았다. 음식도 충분히 안 먹은 상태에서 콜라 섭취를 많이 해서 뇌에 자극을 준 것이 아닌가 결론을 냈다. 며칠 뒤면 온유가 경련을 안 한지 1년이 되는 날인데 방심한 것 같다.

새로운 환경에 부족한 에너지원, 피로의 누적, 뇌를 자극하는 음식

다시 조심하기로 했다. 속상하기도 했지만 금방 의식이 돌아오고 푹 잘 수 있어서 그것으로 만족하고 감사하다. 오늘은 어린이날. 또 잊지 못할 날이 늘었다.

무사히 다녀와 줘서 고마워

온유는 오늘 오전 아홉 시 삼십 분부터 오후 세 시까지 일산에 있는 아쿠아리움으로 견학을 다녀왔다. 우리 집에서 일산은 한 시간 거리지만 차가 막히면 편도로 한 시간 반에서 두 시간도 걸릴 수 있는 거리인 데다가 그 넓은 아쿠아리움을 관람하려면 최소 한 시간 이상은 걸어야 한다. 그래서 온유에게는 무리일 것 같아 고민을 했다. 솔직히 온유의 체력은 알 수가 없다. 어느 날은 괜찮았다가 어느 날은 피곤해 하고, 어느 날은 잠을 푹 못 자서 헤롱헤롱 하다가도, 또 어느 날은 잠을 푹 못 자도 쌩쌩하다. 어느 장단에 맞춰야 하는지 알 수가 없다. 일 년 만에 경련을 했을 때도, 경련을 했으니 피곤했었나 보다 추측하고 반성하는 것이지 경련을 하기 전까지는 할지 안 할지 알 수가 없다. 오늘도 무사히 잘 다녀왔으니 잘 보냈구나 하는 것이지 피곤해서 경련을 했으면 또 '보내지 말 걸. 거봐, 무리였어.'라고 생각했을 것이 분명하다.

일산에 있는 아쿠아리움은 온유가 처음 가보는 곳이었다. 오가는 차 안에서의 긴 시간과 하원 후 감각통합 수업까지, 힘들긴 힘들었는지 떼 쓰지 않고 "엄마랑 같이 자고 싶어!"라고 한 번 말한 뒤, 스르륵 혼자 잠에 들었다. 어린이집 선생님이 올려준 사진을 내려 받으며 찬찬히 보니 감사와 함께 불안에 떨었을 내 하루가 녹아내린다. 어린이집을 등원시킨 순간부터 온유를 하원시킬 때까지 핸드폰을 분신처럼 갖고 있었다. 혹시 전화가 오지는 않을까 하는 조바심에 시달리며 오늘 하루를 바들바들 떨며 보냈다.

온유를 옆에 끼고 있으면 온유는 심심하겠지만 나는 마음이 정말 편안하다. 핸드폰에 신경 쓰지 않고 그냥 평온한 시간을 보낼 수 있다. 하지만 아이를 멀리 떠나보낼 때는 막상 그 곳에서 경련을 한들 내가 해줄 수 있는 것이 거의 없음에도 불구하고 불안하다. 불안이 주는 긍정적인 것들도 많다고 하던데 내 아이의 경련이 주는 불안은 참 무기력하면서도, 그렇다고 손놓을 수는 없는 이상한 불안이다. 그런 불안을 다섯 시간 반 동안 느끼면서 피가 마른다. 그 표현이 적절하다. 아이가 어디쯤에 있겠구나. 뭘 하고 있을 시간이구나. 그 근처에서 가장 가까운 대학병원은 어디지? 만약 일이 생기면 우리 집에서 어떻게 가야 하지? 선생님이 온유와 같이 구급차를 타면 어떤 선생님이 남은 아이들을 인솔하지? 기타 등등 일어나지도 않을 상상을 하며 만약을 대비한다.

　내 불안이야 어찌되었든 온유는 잘 다녀와 주었다. 이로써 온유가 '이정도의 피곤과 낯섦을 견딜 수 있구나'라는 경험 하나를 얻었다. 리스크를 감수해야 내 아이가 어느 정도 자랐는지 정보를 얻을 수 있었다. 시도해 보지도 않고, 도전해 보지도 않는다면 다음에 똑같은 경우를 만났을 때 또 같은 불안에 떨 것이다. 하지만 오늘 불안해 했으니 다음에는 이 정도쯤이면 괜찮다고 덜 불안해 하며 보낼 수 있겠지. 감사하다. 이 말 하나면 오늘 하루는 충분하다.

뇌파수면검사

　온유는 오늘, 1년에 한 번 받는 병원 검사가 있는 날이라 어린이집에 가지 않았다. 병원에 가며 지나면서 본 일민미술관의 홍보 포스터가 재미있어 얼른 폰을 집어 찍고 주변을 보니 나처럼 재미있어 하는 사람들이 많이 사진을 찍고 있다. 전시 내용이 궁금해지지만 내게는 사치. 광화문과 청계천은 행사로 분주해 보였다. 길거리를 보

엄마, 나 잘 갔다왔어요!

내 불안이야 어쨌든 온유는 아쿠아
리움에 잘 다녀와 주었고 이로써 온유가 '이정도의 피곤과 낯섦을
견딜 수 있구나'라는 경험 하나를 얻었다. 리스크를 감수해야 내
아이가 어느 정도 자랐는지 정보를 얻을 수 있었다. 시도해 보지도
않고, 도전해 보지도 않았다면 다음에 똑같은 경우를 만났을 때 또
같은 불안에 떨 것이다.

니 한복축제를 하는 것 같았다. 병원에 온유와 나만 먼저 내려서 오늘 검사비와 진료비를 결제했다. 후덜덜 하다. 일 년에 한 번 하는 검사이고 보험에서 지원이 나와서 부담은 안 되지만 아이보험이 없는 집은 진료비 2만 원까지 더해 20만원이라는 돈이 나가니 가벼운 금액이 아니다.

　　3층에 있는 뇌파검사실에 올라가니 수면제가 필요한 아이인지 물어본다. 그냥 잠들 수 있는 아이인지 아닌지 묻는 것이다. 온유는 워낙 예민해서 수면유도제는 필수다. 남편이 온유의 팔을 잡고 나는 얼굴을 잡고 간호사 선생님은 약을 소분하여 먹이느라 대략 5분 정도 진땀을 뺐다. 약이 맵다고 아이들이 잘 안 먹는다고 했다. 웬만한 약은 다 잘 먹는 온유도 안 먹겠다고 얼굴이 빨개질 때까지 버티다가 먹었다. 도중에 흘려서, 그만큼을 다시 먹어야 했다. 지난 번에는 빨리 잠에 안 들어 약을 두 번 먹었는데 이번에는 생각보다 금방 잠들려고 해 주었다. 하지만 쉽게 잠들지 않는 아이다.

　설핏 잠이 들려고 할 때 검사실로 들어갔다. 잠들기 전의 뇌파도 봐야하는 검사라서 한 시쯤에 들어가 뇌파전극을 붙이면서 누워있게 했었다. "엄마, 콜라 먹고 싶어! 빼빼로 먹고 싶어! 엄마, 빨리 와! 아빠 어디야?" 주저리주저리 비몽사몽간에 끊임없이 말하다가 45분이 지나서야 잠에 들었다. 뇌파전극을 모두 연결하면 못난이가 된다. 진득한 연고 같은 것으로 바르고 붙이면서 선을 고정하는데 생각보다 많이 연결한다. 전선 색과는 상관없이 정한 위치에 맞게 붙여야 한다고 했다. 검사실에서 나와 앉은지 얼마 안 되었는데 벌써 검사를 마쳤다고 했다. 머리 상태가 심각하니 머리를 감고 가라고 해서 검사실 옆 샴푸실을 이용했다. 지난 번에는 그냥 데리고 와서 집에서 머리를 감겼는데 샴푸실이 생각보다 좋았다. 편하게 감기고 드라이도 하고 나왔다.

진료를 받기 전에 온유는 배가 고파 바나나를 하나 먹고 음료를 마셨는데, 잠이 덜 깬 상태에서 손에 집어준 음료수를 놓쳐 신발에 줄줄줄 흘렀다. 하지만 그런 건 중요하지 않았다. 5분 정도의 진료를 기다리는 시간이 가장 긴장되는 시간이었다.

다행히 온유 뇌파검사 결과는 보통 아이라고, 정상이라고 했다. 왠지 예전보다 나쁘게 나왔다고 해도 무덤덤할 것 같았는데 남편은 너무 좋아했다. 매일 불평불만, 툴툴대던 사람이 차가 막혀도 룰루랄라, 세상 가장 행복한 사람 같다. 나오는 길에 온유는 아직 정신이 헤롱거리는 와중에도 병원 입구에 있는 포비 의사 선생님과 사진도 찍고 마구 뽀뽀도 했다. 지난 8월에 약하게 경련을 하였지만 약은 동일하게 처방받고, 오르필도 한손 가득 받아왔다.

오늘은 조촐하게 야식파티를 할 참이다. 완치는 아니지만, 또 뇌전증이라는 병이 뇌파로 좌지우지 되는 병이 아니기에 큰 의미는 없지만 그래도 축하할 거다.

명절은 언제나 당일치기

　　온유가 경련을 하고 난 후로 우리는 명절에 시댁에 가지 않거나 당일로 다녀온다. 오늘도 그랬다. 다른 때는 평소 온유가 스스로 일어나는 시간에 일어나 출발했는데 이번에는 조금 일찍 표를 끊었다. 여섯 시 반에 일어나 일곱 시 반에 출발해 여덟 시 이십 분에 부산행 기차를 탔다. 낯선 집에서 낮잠 같은 거 안 자는 아이인데 확실히 리듬이 깨지긴 했나 보다. 세 시경에 자서 한두 시간을 내리 잤다. 예민해서 기차에서도 잘 못 자고 피곤이 쌓였을 텐데 낮잠을 자 줘서 다행이었다. 일곱 시 사십오 분. 올라오는 기차 안에서 역시나 쌩쌩하다. 컨디션도 좋다. 예전보다 한정된 공간에서 두 시간을 보내는 것이 훨씬 수월해졌다. 숫자 쓰기도 하고 엄마라며 그림도 그려줬다.

　　명절 전에 내려가 차례음식을 형님들과 같이 준비하고, 홀로 계신 시어머니와 오붓한 시간 보내면 좋을 텐데 잠자리가 바뀌면 잠을 깊이 못 자는 온유라 그게 쉽지가 않다. 소아뇌전증에 제일 중요한 것은 '꿀잠'이라고 한다. 오래 자는 것이 중요한 게 아니라 깊은 수면이 제일 중요하다고 한다. 한동안 나는 노이로제에 걸린 듯 낮잠 안 자는 온유를 들들 볶았었다. 낮잠을 잘 때와 자지 않을 때의 아이 상태가 너무 다른 것을 알기에 낮잠 재우기에 혈안이 되었었다. 여섯 살이 된 지금은 정말 피곤할 때만 잔다. 하지만 낮잠을 자면 컨디션이 훨씬 좋은 건 사실이다. 온유가 경련을 한 날은 주로 낮잠을 자지 않고 흥분한 날이었다.

　　시댁 사정상 둘째 형님과 아주버님께 제일 죄송하다. 언제나 거의

소아뇌전증에 제일 중요한 것은 '꿀잠'이라고 한다

오랜 시간 잠
을 자는 것이 중요한 것이 아닌, 깊은 수면이 제일 중요하다고 한다. 한
동안 나는 노이로제에 걸린 듯 낮잠 안 자는 온유를 들들 볶았었다. 낮
잠을 잘 때와 자지 않을 때의 아이 상태가 너무 다른 것을 알기에 낮잠
재우기에 혈안이 되었었다. 여섯 살이 된 지금은 정말 피곤할 때만 잔
다. 하지만 낮잠을 자면 온유 컨디션이 훨씬 좋은 건 사실이다. 온유가
경련을 한 날은 주로 낮잠을 자지 않고 흥분한 날이었다.

홀로 차례음식을 준비하기 때문이다. 오늘도 우리가 도착했을 때는 차례를 다 마치고 친지들도 다 떠난 후였다. 그때면 할 일도 없다. 형님은 미안해 하지 말고 각자의 자리에서 할 수 있는 만큼 하자고 했다. 그 말이 더 죄송하고 감사하다.

병원은 내 맘 같지 않다

예전 의사선생님이 안식년이 끝나 복직했다. 그 사실을 우리는 병원을 통해 듣지 못했다. 남편이 매일매일 병원 예약 사이트에 들어가 선생님 예약창이 뜨는지 확인하다가 신정 연휴가 끝난 다음 날 확인하면서 알았다. 온유가 응급실에 간 순간부터 2년 동안 계속 진료했던 선생님이 1년의 안식년을 마치고 다시 돌아와도 우리에게 그 정보를 알려주고 선택권을 줄 수는 없는 것일까. 그런 정보를 아예 모르거나 인터넷을 잘 안 하는 환자와 부모, 또 어느 의사가 우리 아이와 더 잘 맞는지 계속해서 생각하지 않는 부모는 아이 몸무게도 실수하는 대타(?) 선생님에게 계속 진료를 받아야 하는 것일까.

최소한 마지막 진료 때나 선생님이 복직할 때, 예전에 진료 받던 환자와 가족들에게는 문자 하나쯤 보내 주는 게 맞지 않을까. 선택할 수 있게 말이다. 건의하면 나아질까? 다음 진료 때 병원 내에 있는 건의함이 있으면 남겨보려고 한다. 어쨌든 나는 예전 선생님이 좋아서 격하게 환영한다. 우리를 기억 못하겠지만…. 특교자 신청을 위해 발달검사 예약, 뇌전증 코드로 발달검사 보험이 가능한지도 물어봐야겠다.

담당 선생님이 바뀌었다

선생님이 복직했을 때 예전에 진료 받던 환자와 가족들에게는 문자 하나쯤 보내 주는 게 맞지 않을까. 선택할 수 있게 말이다. 건의하면 나아질까?

경련 없이 10개월

온유가 엄마와 아빠를 떠나 교회 선생님, 친구들과 함께 캠프를 다녀왔다. 원래 1박2일의 일정인데 그렇게까지 맡기기는 죄송해서 아침에 보내고 저녁에 데려왔다. 선생님에게는 년초에 장문의 글로 온유의 상태를 알렸지만 혹시 모를 상황에 대비해 이 정도 문자만 보냈다.

선생님, 온유 내일 평소보다 조금 일찍 일어나 피곤해 할 수 있을 것 같아요. 많이 피곤하면 눈에 초점을 잃고 인형같이 가끔 멍한 모습 보일수 있는데 모든 감각이 멈춰서 그런 것이라고 하시더라고요. 박수 쳐 주시거나 자극 주시면 다시 돌아와요. 혹 물놀이 하거나 찬양할 때 지나치게 흥분하면 한 번 꼬옥 안아서 진정시켜 주시면 감사하겠습니다.

아침 출발 시간이 빨라 피곤할까 걱정했는데 아이는 잘 놀고, 잘 먹고, 잘 있다가 왔다. 도발 행동도 없었고, 물놀이를 하며 다친 곳도 없이 잘 지내고 왔다. 돌아오는 길에 온유는 깊이 잠들어 집으로 옮겨서도 계속 이어 잤다. 예민한 온유가 이런 경우는 일 년에 몇 번 없다. 이럴 때는 약도 안 먹이고 그냥 푹 재운다. 잠이 제일 중요하기에.
1박을 하지 않은 것은 옳은 선택이었다. 10개월 동안 관리하느라 애쓴 것을 0으로 돌리기 싫어 내 순간의 욕심을 제어했다. 아쉬울 때 쉬게 해주는 게 맞는 것 같다. 집으로 돌아오는 길은 참 예뻤다.
많이 컸다. 딸. 고마워.

도어 락 비밀번호

　　온유가 다니는 유치원이 방학을 하는 날이었다. 습도가 높은 탓에 조금만 움직여도 온몸에서 땀이 비 오듯 흐르고 날씨 변화에 민감한 온유는 짜증이 늘어 우리 둘 다 불쾌지수가 하늘을 찔렀다. 집에 들어가려고 도어 락을 누르려는데, 그날따라 도어 락 숫자가 크게 보였다. 매번 연습시키다가 안 되어서 포기한 숫자를 독하게 시켜보리라 여섯 자리 숫자를 온유에게 계속 알려줬다.

"오이팔구육사*!"
"오이팔구육사*!"

　　숫자도 숫자지만 도어 락의 빠른 터치 속도를 따라가기 힘든 온유는 발로 문을 걷어차고, 소리를 지르고 난리였다. 나도 당장 집에 들어가고 싶은 마음 굴뚝같았지만 아이에게 계속 알려줬다. 20분 즘 실랑이를 벌이니 얼추 비슷하게 눌렀다.

　　집에 들어와서도 얼렁뚱땅 숫자판을 만들어 원하는 것이 있을 때마다 대가 형식으로 시켰다. 짜증내고 울고불고 소리를 지르고 집어던져도, 반복하고 반복하고 또 반복해서 알려줬다. 이 모습을 지켜보던 진유가 걱정한다. 온유가 현관 비밀번호 다 말하고 다니면 어떻게 하냐면서.

"말했으면 좋겠어? 엄마는!"

"그래! 진짜 우리 집 비밀번호 '오이팔구육사다!'라고 말했음 좋겠다!"

이렇게 아이와 실랑이를 하고 나니, 정신이 번쩍 든다. '온유가 티 없이 밝은 것은 경련할까봐 두려운 내가 너무 학습을 시키지 않아서는 아닐까…' 비슷한 발달의 아이들의 경우 느리더라도 한글이나 숫자를 아는 것 같은데 온유만 못하는 것 같아서 조바심을 느끼고 평소에는 그냥 해주던 것을 안 들어줬다. 온유 입장에서는 엄마가 오늘따라 이상하고 뜬금없었을 것 같다.

다음 달이면 온유가 경련을 안 한지 일 년이 된다. 그놈의 경련을 할까봐 불안해 하며 집 근처 어린이집에서 전전긍긍 보낸 시간들을 후회할 때가 엊그제였는데 여전히 그 불안감에 휩싸여 계속 아이의 집사 노릇만 하려고 했던 건 아닐까. 아이는 성장할 수 있는데, 더 시켜도 감당할 수 있는데, 건강해야 한다는 내 불안과 강박에 배워야 하는 것들을 안 가르친 것은 아닐까. 최선이라고 생각했던 것들이 아집이었던 것은 아닐까.

오르필 시럽 설명서에 쓰여 있는 수많은 부작용들이 미안하고 두려워서 죄책감에 약을 먹이고, 보호라는 이름으로 더 열심히 안 시켰던 것이 미안해지는 방학날이었다. 두려움을 조금은 떨쳐내고 약간의 스트레스로 방학을 보내야겠다.

온유에게 도어 락 연습을 시키려고 만든 숫자판

또래 아이들의
경우 느리더라도 한글이나 숫자를 아는 것 같은데 온유만 못하는 것
같아서 조바심을 느껴 만든 숫자판이다. 온유가 경련을 할까봐 전전
긍긍하며 불안감에 휩싸여 계속 집사 노릇만 하고 학습을 시키지 않
았던 건 아닐까 뒤돌아보게 된다.

축하해, 딸!

　　작년 광복절. 온유는 아빠와 둘이 타임스퀘어에 다녀오는 차 안에서 경련을 했다. 남편으로부터 연락을 받고 미친 듯이 병원으로 달려갔던 기억이 엊그제 같은데⋯. 온유는 그 뒤로 일 년 동안 경련 없이 건강히 지내주었다. 많이 짱짱해졌다. 이온유, 축하해!

굿모닝!

　　아이가 잘 자고 있는지 가까이 가서 숨소리를 듣고 미세
한 배의 오르내림을 말없이 지켜보던 때가 있었다. 내 몸이 충전되
어서인지 어제의 지지고 볶고 고성이 오갔던 밤 기억은 말끔히 사
라지고 세상모르고 자는 아이가 살아있음에 감사하다. 모든 사람이
이 아침을 맞이하는 것은 아니다. 이 마음으로 하루를 감사히 살아
야겠다.

'나아집니다'가 아니라 '달라집니다'

　　온유의 뇌전증 정기진료를 받으러 3개월만에 병원을 찾았다. 다른 검사가 없거나 3개월 동안 경련이 없었으면 나와 온유만 가서 약만 받아오는데 질문이 한가득인 남편이 동행했다. 평소 엉뚱한 질문들을 하도 많이 해서 혼자 들어가게 할까 하다가 함께 들어갔다.

　　"괜찮았나요?"라는 선생님의 질문에 "네……."라고 내가 대답하자, 선생님은 "지난 번 혈액검사에서 간 수치가 약간 높다고 말씀드렸나요?"라고 물었다. "아니요, 지난 번에 괜찮다고 하셨는데요."라고 하자 선생님은 "정상이 40인데 47정도라 조금 높지만 문제될 정도는 아니에요. 내년에 한 번 더 검사하도록 할게요."하고 약을 처방해주려고 하는데 이제부터 남편의 질문이 시작됐다.

　　남편은, 소아청소년정신과 선생님으로부터 아이가 발전 가능성이 없다고 들었는데 여러 가지 치료들을 계속 받는 게 정말 도움이 되는지 물었다. 또 다른 아이들을 보니 비타민 영양제 같은 약을 의사에게 추천받아 먹던데 그런 것들이 효과가 있는 것인지 등등.

　　선생님은 '나아졌다'는 표현 대신 '달라지지 않았냐'고 반문했다. 2년 전과 지금은 다르지 않냐고. 나아지고 안 나아지고, 좋아지고 안 좋아지고의 개념이 아닌. 선생님은 꾸준한 반복과 노력이 아이를 달라지게 한다고, 무의미한 행위가 아님을, 더 노력하고 더 가르치는 것이 의미 있음을 이야기했다.

　　같은 병원의, 유명하다는 책도 쓰고 방송도 나오는 소아청소년정신과 선생님으로부터는 '당신네 아이는 달라지지 않을 것이니 최소한의 세상 살아가는 방법을 가르치고, 성인이 되면 시설도 생각해 보라.' 정도의 비관적이고 부정적인 이야기만 잔뜩 들었었다. 뇌를 연구하는 신경외과 교수님은 오늘 우리 부부에게 다른 말씀을 아주 조심스럽고 따뜻하게 해주었다. '정말 온유가 달라지지 않아도 당신들의 노력이 헛되지 않다'는, 그러니 힘들지만 계속 애써 주라는 얘기로 들렸다.

한 달에 온유에게만 들어가는 돈과, 시간, 정신적인 에너지가 상당하다. 그것을 계속 유지할 힘이, 회사 월차를 내고 왕복 서너 시간을 운전해 병원에 가서 한 시간 지연 대기한 후 1,2분 상담하는 의사 선생님의 말씀에 달려 있다고 해도 과언이 아니다. 우리는 뭔가 붙잡을 것이 필요하다. 눈에 보이지 않는 하나님 외에도 눈에 보이는 우리보다 많이 알고 많이 배우고 많이 연구한 사람의 말도 붙잡고 싶어진다. "달라집니다"라는 말을 들은 우리 부부는 편안했다. 오르필 시럽 4개월분을 받아오면서 선생님이 내 손과 남편 손을 따뜻하게 잡아주신 듯, 참 마음이 행복했다.

아이보다 하루 늦게 죽고 싶다는 말

오늘 일본에서 2004년에 방영한 자폐아동과 주변의 삶을 다룬 드라마 〈빛과 함께〉 11회를 시청했다. 대사 중에 한 대사가 날 자극했다. 발달장애를 지닌 히카루보다 '하루 더 살고 싶다'는 히카루 엄마의 말때문이다.

'달라집니다'라는 위로

　　　　　　　　한 달에 온유에게만 들어가는 재정, 시간, 정
신적인 에너지가 상당하다. 그것을 계속 유지할 힘이, 회사 월차를 내고 왕복
서너 시간 운전해 병원에 가서 한 시간 지연 대기한 후 1,2분 상담하는 의사
선생님의 말씀에 달려있다고 해도 과언이 아니다.

온유가 태어나기 전부터 발달장애 부모의 절박함을 대변하는 듯한 이 말이 난 싫었다. 부모의 마음은 어느 정도 공감한다. 하지만 그 말은 내가 아이의 삶을 모조리 책임지려고 할 때 하는 말이다. 수동적인 말이다. 세상이 쉬이 변하지 않고, 복지 정책이 바뀌지 않으니 내가 끌어안고 가려는 모양새다. 그런 말로는 이러한 삶을 모르는 이들로부터 스쳐 지나가는 동정만 얻을 뿐 아무 것도 바뀌지 않는다.

보통의 부모는 자녀보다 빨리 죽는다. 자녀가 병에 걸려서, 사고로 빨리 죽기를 바라는 것이 아니라면 그 표현은 다른 말로 바꿔야 한다. 그 희망을 갖고 도리어 더 적극적으로 나서야 한다. 온유가 갑작스런 경련으로 죽을지도 모른다는 두려움에(경련이 원인이 되어 갑자기 죽지는 않으나 경련하는 것을 보면 파래진 아이가 갑자기 더 이상 숨을 쉬지 않을 것 같은 두려움이 엄습해온다) 하루하루가 괴로웠던 시절이 있었다. 불안해서 전전긍긍하고 온유 주위를 빙글빙글 돌아야 하는 숨막힘때문에 삶이 짜증으로 가득했던 시절이었다. 그러다가 어느 순간 이런 생각이 들었다.

우리는 누구나 할 것 없이 예상 못할 많은 위험에 노출되어 있다. 온유가 경련을 한들 내가 할 수 있는 것이 크게 있는 것도 아니다. 당장 온유가 오늘 내일 죽는다고 하더라도 지금까지의 행복한 기억으로 사는 것, 오늘 하루를 행복하고 즐겁게 최선을 다해 살아가는 것이 더 좋지 않을까.

이런 생각과 함께 내가 온전히 모든 짐을 떠안고 같이 생을 마감할 것

이 아니라면 나와 남편, 친인척들의 도움의 손길이 없는 순간에도 이 아이가 이 세상을 살아갈 수 있는 시스템이 만들어지길 노력해야겠다는 다짐을 했다. 그런데 알고 보면 발달장애인뿐 아니라 치매인, 독거노인, 1인가구들, 저소득층과 병을 앓고 있는 사람들 모두는 갑자기 찾아올 수 있는 죽음의 두려움으로 삶이 불안하기 마찬가지다. 나만 그런 것이 아니다. 우리만 그런 것이 아니었다.

몇 달 전에 만난 친한 언니가 이런 이야기를 했다. 혼자 살고 있는 자신이 부모와의 갈등으로 연락도 두절되고 외롭게 살아가다가 돈도 더 이상 못 벌고, 스트레스에 정신질환이 와서 가족들도 못 찾아 홀로 쓸쓸히 죽을 수도 있지 않을까 하는 생각을 했다고. 언니는 능력자다. 전문직을 갖고 부족한 것 없이 살고있음에도 불구하고 미래에 대한 두려움이 가득한 모습이었다.

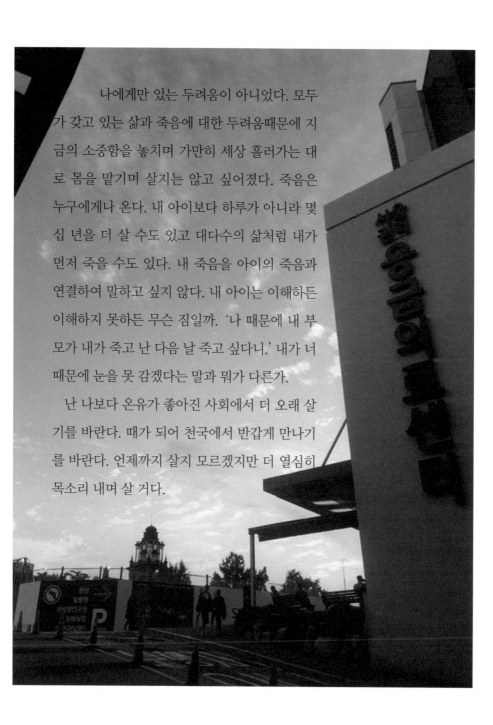

나에게만 있는 두려움이 아니었다. 모두가 갖고 있는 삶과 죽음에 대한 두려움때문에 지금의 소중함을 놓치며 가만히 세상 흘러가는 대로 몸을 맡기며 살지는 않고 싶어졌다. 죽음은 누구에게나 온다. 내 아이보다 하루가 아니라 몇십 년을 더 살 수도 있고 대다수의 삶처럼 내가 먼저 죽을 수도 있다. 내 죽음을 아이의 죽음과 연결하여 말하고 싶지 않다. 내 아이는 이해하든 이해하지 못하든 무슨 짐일까. '나 때문에 내 부모가 내가 죽고 난 다음 날 죽고 싶다니.' 내가 너 때문에 눈을 못 감겠다는 말과 뭐가 다른가.

난 나보다 온유가 좋아진 사회에서 더 오래 살기를 바란다. 때가 되어 천국에서 반갑게 만나기를 바란다. 언제까지 살지 모르겠지만 더 열심히 목소리 내며 살 거다.

> 그림을 그리는 일이 얼마나 행복한지 모른다.
> 하루 온종일 물감 냄새 맡으며 그리고 덧그리고
> 그리고 지우고 내 욕구만 들여다보기엔
> 걸리는 것들이 너무 많아 포기했던 삶.
> 다시 붓을 들었던 얼마간 숨통이 트였다.

2부

엄마는
미술치료사

우리 아이 왜 이럴까?

　　온유가 감각통합(이하 감통)수업을 다시 받기 시작한지 2주
가 지났다. 예전 선생님도 좋았지만 이번 감통 선생님은 정말 감동이
다. 에어컨이 틀어져 있어 시원한 감통실에서 40분 수업을 하였을 뿐
인데 선생님 콧잔등에 땀이 송글송글 맺혀 있다. 젊음과 열정이 느껴
진다. '나에게도 저런 시절이 있었지'라는 생각과 함께 '나도 다시 일
을 할 수 있을까'라는 생각이 동시에 들었다.

　'미술치료사 장누리'가 아닌 '온유 엄마'로 지내고 있는 지금, 선생
님이 잘 설명해 주지만 전문용어나 피드백을 더 잘 이해하고자 감각
통합 책을 한 권 샀다. 책도 두껍고 내 분야가 아니어서 그런지 잘 펼
쳐지지 않았다. 집으로 배송해 받아본지 일주일이 지난 오늘 첫 장을
펼쳐보았다. 차례에 적혀 있는 목록들 중에 한 문장이 날 사로잡았다.

　'우리 모두 어느 정도의 감각정보처리 장애를 경험하지 않습니까?'

　그렇다. 장애 증상을 공부할 때 배웠던, 나와 내 남편, 내 친구, 내 아
이, 내 가족에게 있는 모습들이다. 그 증상들을 잘 가리고 살아가거나
삶에 불편을 줄 정도로는 힘들지 않을 뿐이다. 온유도, 장애를 지닌 아
이들도 그 '우리 모두'에 포함되어 있는 사람이다. 이 배움이 조금씩
천천히 이해되어 내 것이 되고 너에게 흐르기를….

자유 드로잉

　이사 날짜가 두 달 붕 뜨는 바람에 친정에서 지내는 요즘, 한 방을 가득 채울 정도의 어마무시한 양의 내 미술재료는 언니네 집과 부모님 집에 나뉘어 있다. 어디에 무엇이 있는지 찾을 수가 없다. 하고 싶은 미술 작업을 할 수가 없어서 온유와 그나마 간간히 할 수 있는 게 자유 드로잉이다.

　온유는 여러 색을 끄적거리고, 난 온유 인지공부를 시키려고 집, 별, 꽃을 그리다가 꽃에 붙어 있는 잎사귀를 계속 그리게 되었다. 휘날리는 잎사귀처럼 하늘 위로 날아가고 싶은 요즘이다. 주어진 재료를 갖고서라도 자주 그려야 하는데 미술 작업을 꾸준히 하는 게 쉽지 않다.

　뭔가 잘 그려야만 할 것 같고, 그것 또한 내 안의 이슈다. 잘 그리지 못해도 자기 마음을 체크하며 꾸준히 작업하는 친구들이 부럽다. 그 친구들과 한 달에 한 번이라도 티타임을 가지며 서로의 그림, 서로의 케이스를 나누는 나만의 공간과 시간이 오길….

헤엄치고 싶고 날고 싶다

찾을 수 있는 미술 재료는 없고 팔레트 하나로 두 달을 견디는 중이다. 생각나는 대로 자유롭게 내 안에 있는 것을 그림으로 표현하는 시간. 물고기를 그린다고 그렸는데 새 같기도 하다. 크고 작은 물방울들을 피해 잘도 다닌다. 혼자 있는 게 좀 외로워 보이기도 하다.

지금 내 상태가 이런가 보다. 크게 스트레스 받는 일은 없는데 자유롭고 싶고 외로운 상태. 온유와 정적으로 지내야 하니 집 주변만 뱅글뱅글 다람쥐 쳇바퀴 돌듯 반복되는 일상. 남편 퇴근이 늦으면 짜증이 나고, 또 밥 먹고 운동한다고 나가면 울화가 치밀어 오른다. 남편도 이 더운 날 왕복 두 시간 거리의 회사를, 그것도 2호선 지옥철로 출퇴근하고 사람들 사이에서 스트레스 받으며 오랜 시간 일하고 왔다는 생각을 하면서도 아이들이 잘 시간에 들어와서 온유를 다시 깨워놓으면 정말 참았던 화가 치밀어 오른다.

친구를 만난 때가 백만 년 된 것 같고, 학부모 모임 수다로는 해소보다 더 고갈만 되는 느낌이다. 통하는 친구들과 만나서 깊이 있는 대화를 나누고 싶다. 동료들끼리 스터디라도 하고 싶지만 온유 주변에서 헬리콥터처럼 빙빙 돌고 있어야 하는 현실이 발목을…. 그래도 온유가 경련 없이 보내준 두 달 동안이 얼마나 감사한지 모른다. 엽서 크기의 이 작은 그림 작업으로도 기분이 훨씬 나아졌다. 조금만 더 힘내보자.

난화 숨은그림찾기

내가 제일 좋아하는 미술치료 활동 중 하나가 난화 숨은그림찾기다. 요즘 친정엄마가 시골집에 가 계시는 시간이 길어 막내동생 밥 챙기랴, 얹혀지내는 친정집 치우랴 집안일에 치여 나를 돌아볼 정신이 없었다. 오늘 문득 온유를 어린이집에 보낸 후에 하고 싶어진 작업이 난화 숨은그림찾기였다. 손의 흐름대로 낙서처럼 그림(난화)을 그린 뒤 난화를 여러 방향으로 돌려가며 떠오르는 이미지를 찾는 활동이다.

구두, 거미, 머리 흩날리는 여인, 카약, 오리 주둥이. 오늘은 이렇게 다섯 개의 이미지가 찾아졌다. 찬찬히 이미지로 나를 되돌아보니 구두는 높은 굽의 구두를 신고 싶은 마음(매일 바닥에 붙는 플렛

슈즈만 신고 다녀서), 거미는 요 근래 집 근처 공원에서 거미줄과 거미를 너무 많이 보아서가 아닐까 싶다. 자연적이라 좋기는 하나 너무 자주 내 시야에 노출되는 징그러운 곤충이다. 머리 흩날리는 여인은 요즘 바람이 너무 시원해서 그런 것 같고, 카약은 티브이 프로인 〈효리네 민박〉에서 2년차 부부가 타는 것을 부럽게 봤기 때문이리라. 자유와 일탈에 대한 내 무의식일 수도 있겠다는 생각이 든다. 마지막으로 오리는 특히 주둥이만 보였다. 온유가 언어치료를 받으며 특히 입모양을 서로 유심히 보기 때문인 것 같다. 모르는 단어가 나오면 온유는 내 입모양을 쳐다보는데, 나도 온유 입 주변의 근육을 더 많이 사용하게 하려고 하다 보니 찾아진 것이 아닐까.

전체적으로 보았을 때 신발, 바람, 카약은 자유로움을 원하는 이미지들이다. 육아에 매여 있는 느낌은 지울 수가 없는 건가 싶다. 숨은 그림 자체가 갖고 있는 특징들에 대한 해석도 좋지만 나에게 이 숨은 그림이 어떤 의미인지를 꼬리에 꼬리를 물어 새겨본다. 잘 들여다보면 나도 잘 모르는 나를 발견한다. 몸을 부드럽게 움직이며 이어진 선으로 난화를 그리는 것만으로도 좋다. 아무 종이나 펼쳐놓고 최대한 꽉 차게 난화를 그린 뒤, 딱 눈에 띄는 이미지를 몇 개 찾아 나와의 대화를 나눠보는 것도. 이 바삐 돌아가는 세상에서 날 돌아볼 시간조차 갖기 힘든 직장인들에게, 육아에 지친 엄마들에게, 공부만 하는 학생들에게 괜찮은 활동이다.

1년만의 일, 집단미술상담

지난 주부터 집근처 초등학교에서 다섯 명의 3학년 아이들을 만나 동화책을 이용한 집단미술상담을 시작했다. 온유가 아프기 전까지 일했던 학교에서 여러 번 요청이 있었지만 온유 상태가 기복이 심해 주 1,2회 하는 것도 거절하다가 최근 다시 센터장님의 연락을 받았다. 지금은 온유도 많이 안정되고 집 가까운 학교로 일주일에 하루, 두 시간 정도의 수업은 가능할 것 같아서 흔쾌히 결정했다.

학교마다 아이들 모집에 차이가 있는데 1) 학교생활에 적응하기 힘들어 하거나 교우관계가 힘든 아이 등 정서적으로 도움이 필요한 아이들만 모아주는 학교가 있고, 2) 정서장애와 발달장애 아이들을 같이 섞어주는 경우도 있으며, 3) 미술에 관심이 있고 정서적으로 안정된 아이들과 교우관계가 힘든 아이들 두어 명을 섞어주는 경우도 있다. 내 생각에는 3)번 그룹이 가장 좋은 것 같다. 하교 후 자연스럽게 방과 후 수업 같은 미술수업을 10회 정도 하면서 긍정적인 변화를 줄 수 있어서다. 1)번의 경우는 개별상담이 필요한 아이들이 훨씬 많아 집단에서 진행하기가 너무 어렵고 2)번은 정말 이도저도 아닌, 아무에게도 도움이 안 되는 수업이 된다.

눈앞에서 마을버스를 놓치고 기다리는 시간도 룰루랄라다. 파트타임이기는 했지만 두 아이를 낳고 몸 회복하는 몇 달 빼고는 15년을 쉬지 않고 일하다가, 1년을 쉬고 다시 하는 수업이다 보니 설레기도 하고 긴장도 된다. 주변에 경력을 쌓아가며 열심히 일을 하는 동료들을 보면 너무 부럽고, '난 내 아이와 즐거운 시간을 보내며 다양한 취미생활도 하고 있다'고 속으로 생각하며 스스로 위로했지만, 육아와 살림에 치여 스트레스가 폭발할 때면 내 존재 가치가 너무 작아지는 느낌에 우울해질 때도 많았다. 일은 쉬었지만 지난 1년은 나 자신에 대한 무기력을 통해 육아로 경력 단절된 엄마들의 두려움에 공감한 가치 있는 시간이었다.

집단 미술상담에서 지켜야할 규칙

내가 진행하는 수업에서는 지켜야 하는 규칙이 있다. 첫 시간에 규칙을 세우는데 아이들이 말하는 거의 모든 규칙은 1,2번 안에 포함되어 있다. 그렇게 많은 규칙을 나열할 필요가 없어진다. 아이들뿐 아니라 어른들도 서로 어울려 살아가려면 이 정도 규칙이면 되는 것 같다. 3)번은 수업 마칠 때마다 함께 외치는 구호. 쑥스러워 하지만 나중에는 다양한 몸짓으로 힘차게 외친다. 가족 간에도 이 정도만 지켜지길.

치료수업이 필요한 진짜 이유

　　일주일에 두세 번, 40분씩 진행하는 치료수업을 통해 아이가 달라지기란 쉬운 일이 아니다. 사실 수업 뒤 10분의 부모 상담이 훨씬 중요하다. 그런데 많은 부모들이 이 시간을 소홀히 여긴다. 그냥 상담 안 할 테니 10분 더 아이와 수업해 달라고 하는 부모도 있고, 일 보고 허겁지겁 늦게 들어와 상담시간을 놓치는 부모도 있다.

　　아이가 변화하려면 가장 오랜 시간 영향을 줄 수 있는 부모가 달라져야 한다. 아이를 치료사의 공간으로 데려와 수업하면 잠시 변화시킬 수는 있지만 결국 아이는 가정으로 돌아가야 한다. 아이들이 센터에 가서 치료수업을 듣는 진짜 이유는 그 '10분의 부모상담' 때문이라고 나는 생각한다.

가을 가을, 수채화 일러스트

갑작스레 찾아온 가을. 청소할 것
들이 산더미지만 잠시 미루고 온유가 돌아오기 전 그림 한 조각 그려
본다. 일주일에 한 번 모여서 간단한 다과와 함께 그림 그리면서 수다
떨 친구들이 있었으면 참 좋겠다.

진정한 친구는 어떤 친구일까

진유의 친구들과 〈동화+미술 심리수업〉을 한 지 4주째. 매번 그냥 뛰어 놀리는 것보다 마음도 건강하게 잘 지냈으면 하는 마음에 시작했는데 초등 3학년 남자아이들이다 보니 슬슬 자기들만의 놀이 방식이 나타난다. 돌아가며 셋이 한 명을 따돌리는 방식으로 '외톨이 놀이'(한 명에게만 있는 것을 '누구 외톨이'라고 외치는)라는 것도 하며 힘이 센 친구가 약한 친구를 무력화하는 행동도 자연스럽게 한다.

순간순간 서운하고 억울해 하며 울기도 하지만 또 다시 어울려 논다. 어제는 너무 심한 것 같아 혼을 냈다. '너희 네 명을 베스트 프렌드 (베프)라고 불렀는데 잘 못 부른 것 같다'고. 너희들은 베프가 아닌 것 같다고. 이렇게 계속 지내면 누군가는 상처받고 아프니 다음 주까지 진정한 친구의 모습이 어떤 것인지 생각해 보라고 했다. 수업 후에 엄마들에게 상황을 나누고 좋은 대화법이나 방법들을 공유했다. 네 명의 엄마들끼리는 이제 진짜 베프같다. 그런데 어렵다. 청소년 상담을 더 공부해야 할까 싶다.

더불어 함께 사는 삶, 지역연계 미술수업

지난 주에는 첫째 진유가 다니는 학교에 가서 3학년 1반부터 6반까지 미술수업을 2교시씩 하고 왔다. 첫째가 다니는 초등학교는 작년부터 교육청으로부터 예체능 지원을 받고 있는데 올해는 미술수업 예산이 잡혔다고 한다. 내 직업을 아시는 담임선생님이 학기 초부터 부탁을 해서 성사된 일이다. 어떤 수업이 좋을까 고민하던 중에 아이들이 살고 있는 지역에 대한 공부를 지난 학기 했다고, 지역연계 미술활동을 하면 어떻겠냐는 선생님 제안이 있었다. 그러면서 우리 구가 담긴 책을 한 권 주셨다. 내가 사는 곳은 서울 금천구다. 나는 신혼 시절 1년 반 정도를 잠실에서 살다온 시간을 빼면 37년을 금천구에서 살았다. 그랬지만 나도 내가 사는 곳을 잘 모르고 있었던 것 같다. 금천구란 지역을 가지고 한 반에 이십 명의 아이들과 어떤 미술수업을 하면 좋을까 자료를 찾고 수정하기를 몇 달.

아이들을 다섯 명씩 네 모듬으로 나누어 1) 금천구의 봄, 여름, 가을, 겨울을 크라프트지 전지에 물감으로 표현하고 2) 금천구 지도를 4등분 하여 색색의 종이테이프로 도로를 표현하고 24색 매직으로 미래의 금천구를 짓도록 했다. 집에서 가져간 매트를 깔고 바닥에

배를 대고 누워서 시장같이 복작복작한 분위기에서 즐겁게 작업했다. 싸움도, 다툼도, 의견충돌도 다 괜찮다. 그래야 서로의 생각과 마음을 알고 다음에 더 잘 나눌 수 있다. 하고 싶은 계절을 표현 못해서 우는 아이도, 친구가 그린 그림이 못마땅해 그 위를 테이프로 덮어 싸우는 아이도, 신체장애를 가진 친구를 배려하며 작업하는 아이들까지…. 모두 다 더 나은 금천구를 위한 모습이었다.

　준비하느라 힘들고 아침에 온유를 친정언니에게 맡긴 후 첫째와 같이 학교에 가느라 피곤했지만 즐겁고 보람된 수업이었다. 내가 살고 있는 이곳에서 나와 내 가족만 잘 먹고 잘 사는 것이 아니라 이웃과 함께 건강하고 행복하게 사는 것, 그것을 위해 조금씩이라도 집 주변에서 빙글빙글 이 일을 하는 것 같다.

그냥 잘랐을 뿐인데

겨울이라 따뜻하게 집을 꾸미고 싶어 펠트를 오렸다. 동그라미가 필요해 동글동글 반복적으로 오리다보니 잘라진 자투리가 버리기 너무 아까워진다. 동그라미도, 잘려서 버려지기 일보직전인 자투리도 같은 펠트인데…. 똑같은 펠트였는데 누군 버려지고 누군 사용된다. 계속 눈에 밟힌다. 요즘 머릿속이 복잡해서 그런가, 원이 되고 싶어 원이 되고 자투리가 되고 싶어 자투리가 되는 것이 아닌데….

복잡한 일들 때문에 재료 하나도 그냥 넘어가지지 않는다. 자투리가 안쓰러워 모아 주워 붙이면서도 있는 그대로 두지 못하고 구겨 넣고 의미부여하고 맘에 드는 자투리가 없으면 가짜 자투리를 만드는 날 보며 참 환멸스러워진다. 인간이 다 이러진 않을 텐데…. 아닌가? 다 이런가?

발달전문 미술치료사

최근에 서울의 한 아동발달센터에서 10년 넘게 일하고 있는 동기로부터 전화 한 통을 받았다. 함께 있던 미술치료사가 결혼을 하면서 지방으로 가야 하는데, 새로운 미술치료사를 구인하는 상황에서 지원자는 넘치나 센터장 마음에 드는 지원자가 없다는 것이었다. 동기가 일하는 센터가 발달장애 아동들이 주로 이용하는 곳이다 보니 발달 쪽 경험이 많은 치료사를 원하는데, 지원자들 대부분 정서 쪽 경험자들이라고 한다. 그래서 자기가 원장님 마음에 드는 치료사 한 명을 알고 있다며 나를 추천했다고 한다.

동기의 전화는 너무 고마웠다. 집에서 가깝고 시설도 좋으며 전부터 센터장님 마인드가 참 마음에 들었던 곳이다. 순간의 욕심이 생겨 하루 정도 생각해 본다고 전했다. 그런데 오래 생각해 볼 상황이 아니었다. 첫째로 온유가 발목을 잡았다. 이 일을 수락하면 일주일 중 3일은 꼬박 다섯 시간씩 온유 이모가 온유를 돌봐야 하기 때문이다. 둘째로, 일을 늘렸다가 온유가 다시 경련이라도 하면 그 죄책감과 원망을 어찌 다 감당할까 겁이 났다. 셋째로, 내가 정말 발달장애아들과 부모님들을 만나서 수업하고 상담하는 일을 잘 할 수 있을까 하는 두려움때문이었다. 사실 내 이력서의 반은 부끄럽게도 '발달'경력이다. 처음 미술치료 공부를 시작했던 15년 전만해도 지금같이 정서에 관심이 많을 때가 아니기도 했고, 발달장애 분야가 자원봉사를 하기도, 경력을 쌓기도, 케이스를 구하기도, 비교적 쉬웠다.

치료사 자격을 갖추고 대학원을 진학하면서부터, 결혼해 첫째를 임신했을 때까지 발달장애아이들·성인들을 죽 만났고 진유를 낳고도 복지관의 요청에 개인상담 파트 일을 했었다. 어린이미술관의 큐레이터에게 의뢰를 받아 발달장애아이들 전시가이드를 진행했으며, 슈퍼바이저의 추천으로 다른 복지관에서도 계속 발달장애성인들을 만났었다. 그때는 더 알고 싶은 욕심과 고민, 안타까움, 관심도 많았었는데, 첫째를 키우면서 자연스레 비장애 아이들의 육아와 발달에 훨씬 많은 에너지를 쏟다보니 정서 쪽 케이스에 관심이 가게 되었다. 센터에서 정서적으로 힘든 아이들을 만나면서 경력이 늘어나고 점점 전의 경험들을 잊어서일까, 아니면 발달이 느린 온유를 낳아 키우면서 내가 전에 했던 수업들이 과연 맞는 것이었을까 고민했다. 내 욕심이나 내 교만은 아니었을까 하는 생각때문인지 그 많은 경력들이 이제는 스스로도 무색하게 되어버렸다. 복지관의 작업장에서 잠시 나와 미술시간을 만끽하는 발달장애 성인들은 즐거웠을까, 도움이 되었을까, 아니면 그냥 일을 하지 않는다는 것에 만족했을까. 무식해서 용감했던 그 시절이 생각나기도 하고 '처음 시작했을 때는 에너지는 있으나 경력이 없고, 경력이 있으면 에너지가 없다'는 교수님 말씀도 생각났다.

결국 온유 이야기로 못할 것 같다고 동기와 통화하였으나 나 스스로 참 씁쓸했다. 발달장애는 공부해야할 부분도 광범위하고 많다. 치료사 개인차가 많이 나고, 년차가 늘어도 매번 새로운 도전이라 에너지가 고갈되기 십상이다. 그러다보니 정서 쪽 케이스들을 선호하는 미술치료사들이 많다. 지금도 어딘가에서 일하고 있겠지만 좀 더

세분화된 '발달전문 미술치료사'가 많아졌으면 좋겠다는 생각을 해본다. 너무 다양한 케이스들을 만나며 그 방대한 이론과 경험을 쌓기는 번아웃에 과부하가 걸리니 한 분야를 꾸준히 만나고, 연구하고, 토론하는 '전문적인 미술치료사'들이 일 할 수 있는 환경과 여건이 만들어지면 좋겠다.

그림검사

친한 친구 딸의 그림검사를 해주었다. 평소 대화를 나누다가 일곱 살 딸에 관한 고민들을 이야기하길래 친한 사이고 하니 학교 들어가기 전 조금이라도 도움이 될 수 있을까 싶어 내가 먼저 제안했다. 원래 아는 사람끼리는 그림검사를 하지 않는다. 상담이나 심리검사도 안 한다. 아무리 객관적으로, 이성적으로 한다 해도 사람인지라 이미 알고 있는 배경지식에 생각과 감정이 섞이게 되고 관계가 틀어질 가능성도 배재할 수 없기 때문이다.

그렇지만 보통, 살아가는 일에 큰 어려움이 없는 아이들은 센터에 가서 심리검사를 받지 않는다. 내가 이쪽에서 일을 해서 센터가 만만하고 문턱이 낮은 것이지 보통의 엄마들이 가벼운 마음으로 센터에 발을 들여놓기란 쉬운 일이 아니다. 그런 곳이 어디에 있는지도 모르고 왜 가는지, 무엇을 하는지, 돈은 얼마나 내는지 부담스러워 한다. 학교 선생님이나 어린이집 선생님의 강력한 권유가 있으면 모를까 호기심만으로 가지 못 한다.

내가 추구하는 미술심리상담은, 일반 아이들에게도 적용이 될 광범위적인 미술상담이다. 잘 지내는 아이들에게도 미술심리상담은 참 좋다. 미술지도를 해주면서 간혹 그림검사를 통해 마음 읽어주기가 되고, 아이들이 훌쩍훌쩍 울 만큼 힘든 마음을 열어주는 기회를 줘서 당사자에게는 위로와 치유가 된다. 이런 상황을 엄마들에게는 전하지 못하는 경우도 많다. 엄마들은 내게 그런 것을 기대하고 수업을 맡긴 것이 아니기 때문이다. 당연히 그런 부분의 것까지 받아들일 마음의 준비가 되어 있지 않은 상태에 말해주는 것은 역효과만 날 뿐이다. 하지만 아이들은 가끔의 그런 수업이 오아시스 같은 해갈점으로 다가간다.

그림심리검사는 장점을 발견해 주고 도와줄 수 있는 점을 찾는 데만 거의 사용한다. 부족함을 지적하고 잘잘못을 따지며 나무라는데 사용하기도 쉽지만 내 생각에는 그런 부분은 틀릴 가능성이 많은 것 같다. 슈퍼비전 받을 때, 배운지 얼마 되지 않은 상담사들이 가장 많이 피드백을 받는 부분이 그 부분이다. 망치 든 사람 눈에는 못만 보인다. 그

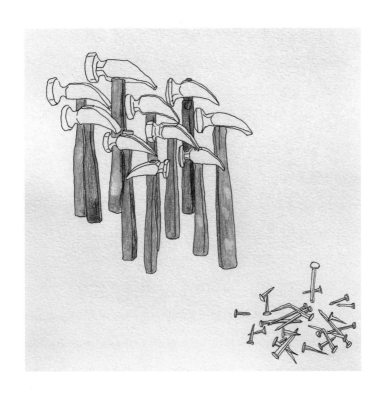

'망치 든 사람 눈에는 못만 보인다'

              아무리 친한 사이어도 내 아이에 대한 이야기를 누군가에게 듣는 것은 긴장된다. 나도 그랬으니까. 친구는 딸이 그린 그림, 질문지와 함께 결과를 자세히 전해 듣고는 많은 부분 수긍하였다. 그녀는 가정에서 자연스럽게 도움을 주는 엄마가 되었으며, 딸은 건강하게 성장하고 있다. 이 모든 것이 서로의 약점을 부끄러워 하기보다 이해하는 관계이다 보니 가능하지 않았을까. 우리는 여전히 아이의 힘듦을 나누며 함께 고민하는 사이로 잘 지낸다.

림검사의 문제점들만 공부하다보면 그런 것들만 눈에 들어온다. 그렇게 그린 수많은 이유들이 있을 텐데 그림의 상징이나 위치, 모양, 필압, 지우개질 등등으로 그런 것들을 이야기하기엔 리스크가 너무 크다. 그래서 병적이거나 장애를 지닌 것이 아닌 일반 아이들에게 그림검사를 사용할 때는, 도움을 주면 좋은 부분들과 이미 갖고 있는 장점을 찾아서 힘을 주는 일에 조심스럽게 사용한다.

그래서 친구의 딸에게는 예외적으로 해주고 싶었다. 반복되는 걱정들을 그러려니 하고 넘기다가 도움을 주고 싶었다. 오지랖이 될 수도 있고 제안했을 때 거절당할 수도 있었다. 그러나 친구가 심리학을 전공했고 평소 맘이 잘 통해서 서로가 서로를 향한 믿음이 있기에 가능했다. 그럼에도 불구하고 결과지를 적는데 다른 내담자들보다 좀 더 힘들다는 것을 느꼈다. 아들의 친구 엄마로 계속 관계를 이어갈 사이이기에 조심스럽고, 도움을 준다고 하면서 부담스런 사이가 되는 것은 아닌지 걱정도 살짝 들었다. 하지만 돈을 받고 계속적인 상담을 받는 사이는 아니니 결과지의 내용만 가볍게 이야기해 주고 툴툴 털어내려고 했다. 그게 서로에게 좋을 것 같아서….

5월의 힘든 기억

휴가를 맞아 홍천 친정집에서 닷새를 머물렀다. 아이들은 규칙적인 생활에 익숙해져 낮잠을 자 주고 저녁 전까지 꿀 같은 여유가 생겼는데, 읽고 싶은 책은 못 가져 오고 티브이와 폰 외에 크게 할 일이 없어 폰에 저장해둔 글들을 돌아봤다.

블로그를 시작하기 전이던 2015년 5월에 쓴 글. 첫째가 초등학교에 입학한 뒤 같은 반 한 아이의 힘에 밀려 화장실에 갇히고 맞고 온 날 이야기다. 비슷한 시기에 온유는 서울대어린이병원에서 발달지연이라는 검사 결과를 받았었다. 내 아이가 같은 반 아이에 의해 화장실에 갇히고 맞고 오지 않았으면, 그리고 내 아이가 발달이 더뎌 센터에서 수업을 받지 않았으면…. 난 내담자의 부모를 만나면서 절대 그들의 심정을 가슴 깊숙이 공감하지 못했을 것 같다.

부들부들 떨리는 몸과 목소리로 가해 부모에게 전화를 걸어 무슨 말을 어떻게 해야 하는지, 내 아이에게는 다음엔 어떻게 대처하라고 얘기를 해야 하는지…. 책에서 보고 익힌 매뉴얼을 실제 삶의 현장에 적용하는데 느끼는 이 괴리감. 부모로서 느끼는 무력감과 내 안에 언제 이런 것이 있었는지 모를 강한 분노. 내게 수업을 받으러 오던 부모와 아이들이 얼마나 많은 시간의 고민과 갈등을 겪고 어떤 어려운 과정을 거쳐 왔는지, 병원을 예약하고 진료를 받고 의사의 진단이 내려지기까지의 일 분 일 초의 가슴 졸이는 시간이 얼마나 길고 긴지, 내 아이가 아니었으면 절대 나는 몰랐으리라. 그럼에도 불구하고 내 아이에게만큼은 없었으면 좋을 일들…. 돈으로 절대 배울 수 없는 것을 내 자녀를 통해 배우고 느낀다. 그래서 그냥 감사하기로 했다.

3년이나 지났는데 글을 보니 참 아프다. 당시 온유는 뇌전증 진단도 안 받았었는데…. 지금은 뇌전증이란 질병을 하나 더 얻음으로 인해서 더 많은 사람들의 아픔과 슬픔을 알게 되었다. 슬프기도 하고 감사하기도 한 현재진행형이다.

공감의 자산

　　　　내 아이가 같은 반 아이에 의해 화장실에 갇히고 맞고 오
지 않았으면, 그리고 내 아이가 발달이 더뎌 센터에서 수업을 받지 않았
으면…. 난 내담자의 부모를 만나면서 절대 그들의 심정을 가슴 깊숙이
공감하지 못했을 것 같다.

미술치료사란 직업을 알려주고 오다

밤새 PPT를 만들었는데 학교라 메일은 안 열리고…. 깜박 잊고 USB를 안 가져갔다. 밥 벌어먹고 살 수 있느냐는 남학생 질문에는 '빡세게'하면 가능하다고 비관적으로 대답하고…. 마치고나니 언제나 아쉬움. 희망적으로 이야기해 줬어야 했나….

글이 주는 큰 위로

> 장애아동은 확률적으로 일정 수는 태어난다. 장애아동을 키우는 부모는 어쩌다 그 운명을 뽑은 것이다. 그들은 잘못된 아이를 낳은 죄인이 아니다. 죄인이기는커녕 그 운명을 사회의 별 도움도 없이 힘들게 지고 가는 사람들이다. 모두 이들에게 고마워해야 한다.

너무 강렬해서 잊혀지지 않는 서천석 선생님의 트위터 글이다. 복지관에서 미술치료를 하면서 참 많이 도움 받았고, 그래서 어머님들과 소통하며 보내드린 트위터 글이기도 하다. 그 당시에 학부모들에게는 어느 정도의 위로가 되었을지 모르겠지만 지금의 내게는 '네 잘못이 아니야' 라고 말해주는 듯하여 너무 큰 위로가 된다.

지금도 서천석 선생님의 책과 거의 모든 글, 방송을 찾아 보고 있다. 강의를 직접 듣거나 가까이서 뵙지는 못했지만 주변에서 믿을 만한 상담센터를 찾지 못해 발 동동 구르는 지인에게 추천도 해주고 선생님의 책도 많이 선물했다. 가장 좋은 것은 선생님의 진심이다. 옆집 아저씨같이 이야기해 주시는 글들이 정신과전문의가 아닌 동네의 믿을 만한 삼촌의 위로와 격려로 다가온다.

선생님의 말처럼 많은 이들이 장애아부모들에게 고마워 했으면 좋겠다. 아니 그 정도까지는 아니더라도 못 볼 것을 본 것마냥 경계하거나 경멸하는 눈빛으로 보는 일은 말아주길….

미술치료 목표 세울 때

요즘 헨리가 나오지 않는 〈나혼자 산다〉라는 프로에 쌈디가 나온다. 새로운 인물에 호기심이 생겼다. 레이디제인의 전 남친이고 쇼미더머니에 많은 말들과 함께 출현하였으며 '맘편히'와 '사이먼도 미닉'이란 곡을 재밌게 들었지만 이번에 알게 된 '정진철'이라는 곡은 내겐 아주 신선했다.

처음 이 곡을 들을 때 끝나지 않을 것 같은 '내 삼촌 이름은 정진철 직업은 패션디자이너'라는 가사를 접하고, '와, 이렇게 곡을 쓸 수도 있구나'로 시작해서 정말 멋진 곡이라는 생각으로 마무리했었다. 특히 가사 '내 삼촌 음~ 디자이너'대목에서는 말 그대로 '대박'이었다. 삼촌의 이름이 정진철이라는 것과 다른 디자이너가 아닌 '패션'을 디자인하는 사람이라는 이미지가 또렷하게 각인되는 가사다. 이렇게 목표의식이 분명한 곡이 또 있을까. 거기다가 말하기 힘든 개인사까지 한가득이다. 그냥 삼촌 이름과 직업만 있었으면 이 곡이 이렇게까지 인기 있지 않았을 것 같다. 숨기고 싶은 개인사가 고스란히 녹아있는, 어찌 보면 가슴 아프고 치부를 들킨 듯 창피한 내용인데, 삼촌을 찾아드리고 싶은 쌈디의 아버지를 향한 마음이 너무 잘 표현되어 있다.

노래를 듣고 있자니 그런 감흥들과 함께 예전의 기억이 오버랩되었다. 미술치료 임상실습 수련을 받을 때 계획서를 적으면서 초보치료사가 가장 많이 저지르는 실수가, 목표를 너무 광범위하게 잡거나 너무 많이 잡는 것이었다. 초창기에는 내담자에게 강점을 찾거나 가장 중요한 어려움을 찾아내기 어렵다. 배운 것들은 다 문제점들이고 알

희망을 위한 일

　　　　자존감도 향상시키고 사회성도 증진시키며 또래와의 사회성 스킬을 습득함과 동시에 다양한 촉각 경험, 자기인식과 미술을 통한 내면 표현 등등 여러 가지 목표를 동시에 추구하는 것은 바람직하지 않다. 그 안에서 한 가지나 한두 가지 목표만 분명하게 정해야 한다.

고 있는 이론들만 한가득이다 보니 추구하고 싶은 것들이 너무 많거나 광대해진다. 그렇게 되면 목표가 흐지부지 되어 무엇을 하는지도 모르는 상황, 그야말로 미술만 하고 있거나 이도저도 아닌 프로그램을 진행하고 회기가 종결된다.

사람이 많은 것을 단기간에 바꿀 수는 없다. 의욕만 불타서 목표를 과하게 잡으면 세션을 이끌어가기도 어려울 뿐더러 내담자에게도 그 혼란이 전달되면서 의구심만 유발 된다. 비단 미술치료뿐 아니라 모든 상담 분야가 비슷할 것 같다. 자존감도 향상시키고 사회성도 증진시키며 또래와의 사회성 스킬을 습득함과 동시에 다양한 촉각 경험, 자기인식과 미술을 통한 내면 표현 등등 여러 가지 목표를 동시에 추구하는 것은 바람직하지 않다. 그 안에서 한 가지나 한두 가지 목표만 분명하게 정해야 한다. 정진철 노래 가사를 통해 그런 교훈을 얻었다. 목표의식이 분명해야 목표를 달성하기 쉬워진다는 것. 그리고 한 가지를 이루면 그 다음 것을 이룰 수 있는 희망과 긍정적인 에너지가 생긴다는 것.

우울증이 어때서요?

오늘 티브이에서 우울증을 다룬 방송을 보았다. 전과는 달리 우울증이란 증상이 많이 보편적이어진 것 같다. 신혼 때 일이 생각났다. 결혼하고 얼마 안 되 임신한 나는 임신 초기에 시부모님과 남편 사이에서의 갈등이 잦았다. 남편과 심하게 싸우고 출근하는 날에는 차에 치어 죽고 싶다는 충동도 많았다. 살아오면서 그렇게 힘든 경험은 처음일 뿐더러 결혼생활과 임신을 동시에 감당하면서 너무 괴로웠었다.

마음의 감기

우울증은 내 가까이 있고 우리 주변에 흔하다. 하지만 드러나지 않고 선뜻 밝히기도 쉽지 않다. 사회적 인식 때문에 숨기는 것이 온유에게 찾아온 뇌전증과 비슷하다.

거기에 더해 좁은 신혼집에 시부모님이 연락 없이 자주 올라오셔서 주무셨고, 입덧과 시부모님의 식사 걱정이 마음을 더 지치게 했다. 부모로부터 독립하지 못한 남편의 모습도 나를 너무 어렵게 만들었다. 이렇게 살 바에는 그냥 달려오는 차에 치어 죽는 게 낫겠다 싶었다.

우울증이었던 것 같다. 평생 한 번도 생각하지 않았던 극단적인 선택을 자주 생각했다. 뱃속의 아이에게 미안하면서도 밤마다 울었다. 헤쳐나갈 방법이 떠오르지 않고 희망은 없어 보였다. 모든 것이 잘못 선택한 내 책임인 것 같고 누구에게 말하기도 부끄러웠다. 그 힘든 시간을 어떻게 건너왔는지 모르겠다. 우울증은 몇 년 전에 남편에게도 찾아왔다. 아버님의 부재와 회사에서의 잦은 스트레스가 원인이었다. 아이 둘을 거의 혼자 양육하느라 정신 없는 나도 여유 없다는 이유로 따뜻한 말로 공감 한 번 해주지 못했다.

우울증은 가깝고도 흔한 것 같다. 주변에 많지만 드러나지 않고 선뜻 말하기도 쉽지 않다. 적다 보니 온유의 뇌전증 같다. 사회적 인식 때문에 숨기는 것이 그렇다. 정신적 나약함으로 인식하기 때문에 그러지 않을까 싶다.

마음정리

이번 주에 가을·겨울 프로그램을 끝으로 올해 수업을 종결한다는 공지를 밴드에 올렸다. 내 개인적인 사정으로 수업을 정리하는 일방적인 글이라 너무 죄송했지만 내 상황을 많이들 이해해 주어서 감사했다.

어제 수업하고 왔는데 수업이 동적이라 활동량도 많았지만, 마음이 아프니 몸이 더 아프다. 온유가 조금 더 건강했으면 집 주변 상가를 하나 얻어 조그맣게 하고 싶은 마음이 굴뚝같았는데, 내가 처한 상황을 직시하고 나니 할 수 없었다. 그리고 이제 새로운 마음으로 4개월 수업을 최선으로 마무리하고, 아이들과 행복한 이별을 준비해야겠다. 또 온유를 위한 공부도 더 열심히 해보려고 한다. 온유에게 맞는 교구들도 만들고, 책도 더 많이 읽어주고, 더 많이 놀아주고, 더 몸 비비며 살아야지. 얼마간 앓았던 마음의 몸살이 이제 풀리는 것 같다.

생애 첫 응급실

난 잘 아프지 않는 편이다. 코피 한 번 나는 것이 어릴 때 소원이었고 심한 감기도 하루 푹 쉬면 낫고, 아이 낳을 때 말고는 병원에 입원한 적도 없다. 그랬던 나인데 지난 수요일, 수업하고 집에 왔는데 심한 두통과 계속되는 구토로 안 되겠다 싶어 퇴근해 들어오는 남편과 응급실로 향했다. 비닐봉지를 움켜쥐고 차로 이동 중에도 계속 토하며 비몽사몽 중에 진료를 받았다. 의사선생님은 최근에 스트레스 받고 잠을 잘 못 잤냐고 물었다. 옆에 있는 남편이 들었으면 해서 '스트레스는 좀 받았다'고 여러 번 이야기했지만 남편은 아는지 모르는지 '갑자기 왜 그랬을까'란 말만 되풀이했다.

구토 억제제와 진통제만으로 진정이 되어 병원 온지 한 시간 정도 지나자 집에 가도 된다고 했다. 오래 걸릴 것 같아 밥 먹으라고 보낸 남편은 여직 안 오고, 하는 수 없이 내가 수납하고 약 받아 처량하게 앉아 있는데, 한참 뒤에 돌아온 남편은 콩나물국밥을 먹었는데 양이 너무 많았고 뜨거웠다나 뭐라나. 응급실에 와 있는 한 시간 동안 추워서 가디건을 덮어달라고 해야 덮어주고 아무 것도 안 해주는 남편을 보니 남편이 맞나 싶어 진짜 때려주고 싶었다.

　　짧은 한 시간 동안 많은 생각을 했다. '큰 병은 아닐 것 같았지만 혹시나 큰 병이면 어떻게 하지? 내가 오래 입원하거나 혹시 죽으면 아이들은 누가 키우지?' 사람은 극한 상황을 맞닥뜨릴 때 누구나 만약의 상황을 생각하게 된다. 평소에는 하지 않던 생각을…. 평소에는 이 삶이 영원하고 지루하게 반복될 것 같은데 갑작스러운 순간에 예상치 못한 일이 일어나고, 그런 일이 일어나면 최악의 상황을 상상하게 된다.

　구토를 너무 많이 해서 배가 몽둥이로 맞은 것 같이 욱신거리는 거 빼고는 일주일 사이 다 괜찮아졌다. 또 토할까 무서워 카페인을 줄이고 자극적인 음식을 피하고 있다. 마음이 아프면 몸이 아프다. 미술치료 수업을 들으면서 배운 것이, 몸이 아픈데도 마음이 아프다고 느끼는 사람이 있다는 것이다. 그러니 놓치기 쉬운 몸의 이상을 먼저 체크하라고 했다. 아이들이 몸의 이상을 심리적인 문제로 오해할 가능성이 있으니 말이다. 온유의 언어가 늦어 병원에 갔을 때도 이비인후과에서 청력검사를 제일 먼저 한 것과 같은 이치일 것이다. 몸과 마음은 이리도 밀접하다.

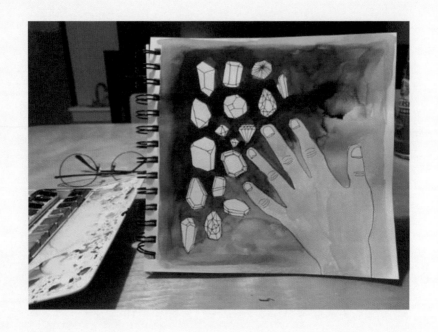

부러움

　　부러우면 지는 건데 요즘 반짝반짝 부러운 것이 너무 많다. 돌맹이인지 보석인지 알지도 못하는, 그냥 예쁜 모양들을 보면 다 부러워진다. 노력도 하지 않고 원망하고 부러워만 하기보다 내 안에 있는 돌덩이라도 반짝반짝 다듬는 것이 낫겠다 싶지만 어쨌든 혼란스런 요즘이다.
오랜만에 그림이 그리고 싶어 팔레트를 펼치고 그림을 그렸다. 다시 그리려니 손이 너무 굳어 맘 같지 않다. 비가 와서 물 느낌 흠뻑 나게 그렸는데, 그려놓고 보니 내 마음 같다.

취할 것은 취하고 버릴 것은 버리기

　　　　　　　　　　　　　사람은 살면서 알게 모르게 많은 이들의
영향을 받으면서 살아간다. 양육자, 가족, 선생님, 친구, 동료 기타 등등의 관계들로
부터. 청소년기를 지나 성인이 되어도 자아가 단단하지 않으면 여전히 주변의 영향
을 지대하게 받는다. 나에 대한 확고한 신념 없이 되는 대로 살아가다 보면 너무 많
은 생각과 무수히 많은 주변의 말, 글들이 머릿속을 복잡하게 헤집어 놓는다. 그럴
때 한숨 돌리며 나에 대한 정리를 한다. 내가 신경써야 하는 말과 그러려니 하고 지
나쳐도 되는 말. 도움을 받고 싶은 사람과 거절해도 되는 사람. 영향을 받고 싶은 것
과 차단해도 되는 것들. 무한대의 정보 속에서 그런 정리는 꼭 필요하다.
대학시절부터 머리가 복잡할 때면 이 그림을 그렸다. 처음 그릴 때는 그냥 단순하게
원의 무한반복이었는데 그리면서 보니 사람이 사는 모양 같다. 나무처럼 사람은 한
해 한 해 성장하면서 나이테가 생기는데 옆의 원의 영향으로 같이 묶어 자라기도 하
고, 또 시간이 지나 분리되기도 한다. 모든 사람들의 삶이 이런 모습이지 않을까.
몇 달 뒤면 마흔이 된다. 나이 마흔 이후의 삶은 주어진 시간을 좀 더 지혜롭게 사용
하며 쓸데없는 곳에 에너지를 낭비하지 않으며 살고 싶다.

변화하는 삶

　내년에 온유를 위해 미술심리상담사 일을 내려놓기로 했다. 그러자 출판사 일이 밀려오고 있다. 초등학생 대상의 책 일러스트가 이미 두 권 예정되어 있고, 펜 드로잉 삽화가 들어갈 다른 출판사의 책이 두 권이다. 요즘은, 진행하다가 '엎어져서' 다시 그리고 있는 초등학생 책 작업을 한 달간 진행하고 있다. 작가와 편집디자이너, 편집자와 일러스트레이터 네 명이 조화를 이루어 가는 과정이 흥미로우면서도 반면에 고되기도 한데 어쨌든 재미있다.

　이렇게 타인의 의견을 적극 수용하여 그림을 조율해가는 과정이 싫었던 나는 대학에서 디자인을 전공하다가 생각을 맘껏 표현할 수 있는 회화로 전공을 바꿨다. 미술치료사 직업상 너무 오랜 시간 혼자 일해서인가 다른 이들과 함께하는 작업이 즐겁다.

　두 손 가득 꽉 잡은 것을 내려놓으니 잡을 수 있는 것들이 더 많아졌다. 내가 내 힘으로 하려고 할 때는 잘 풀리지 않던 일들이 다 내려놓으니 술술 풀리는 경우가 있다. 온유에게 했던 원망들을 내려놓으니 다른 일들이 넘치게 들어온다.

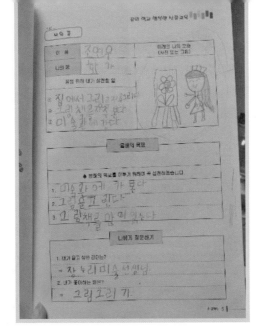

닮고 싶은 리더

어젯밤 10시, 잠자리에 들려고 누워 있는데 카톡이 울렸다. 올해 초등학교에 입학한 첫째 진유의 친구 동생이 작년 한해 동안 나와 미술수업을 했는데 학교 꿈책에 이렇게 적어놨길래 늦었지만 보낸다고. 닮고 싶은 리더가 '장누리 미술선생님'이라니…. 감동이다. 내가 이 아이에게 그럴 만한 사람이었나 싶으면서 동화책이 주는 미술활동이 아이들의 마음에는 참 깊게 뿌리내린다는 생각이 들었다.

매주 읽어준 동화책을 엄마와 도서관에 가서 읽었다고 한다. 그림 그리는데 주저함이 사라지고 재료와 주제에 거리낌 없이 자유롭게 그림을 즐긴다고도 했다.

내가 닮고 싶은 리더는 누구일까? 나는 누구를 롤모델로 삼고 살고 있을까? 이번 한 주, 나도 연우처럼 꿈책을 적어봐야겠다.

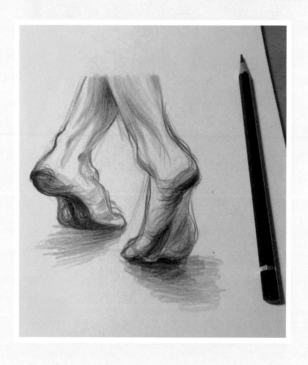

내 아이는 발이 있을까

그림검사를 할 때 보여지는 그림도 중요하지만 그림 그릴 때의 모습과 질문이나 대답을 주로 참고하는 편이다. 비슷한 그림이 계속 보일 때는 정말 신기하다.

최근 그림 검사한 아이들이 다른 사람과 함께 있을 때는 그렇지 않은데, 엄마와 함께 있을 때에 그리는 자기 모습에 발을 생략한다. 사람을 그릴 때 발은 보통 안정감과 자율성으로 해석되고는 한다. '이것은 이것이다'라고 완벽하게 확신하여 말할 수 없겠지만, 발을 그리지 않은 두 아이들의 어머니들 성향은 많은 부분 비슷했었다. 내 아이들은 나와 함께 있을 때 발을 그릴까….

미술의 힘

　　같은 재료를 줘도 각자의 개성대로 사용하는 아이들. 이 강렬한 색감의 그림은, 보고만 있어도 힘이 솟는다. 미술이 갖고 있는 미술 자체의 힘. 크레이머가 말하는 미술의 치료적인 힘.

이제 조금 미술치료사

방 정리를 하다가 2005년 정도일까, 복지관에서 발달장애아동 미술수업을 진행한 사진을 발견했다. 자격증도 없던 시절이다. 자격증을 위한 실습 몇 백 시간을 이수하기 위해 그 동안의 미술지도 경력과 대학원 재학 증명으로 일할 수 있었다. 자원봉사로 발달장애 중학생 한 명을 개인지도한 것 말고는 처음으로 발달장애아동 그룹을 지도한 수업이었다. 일주일에 한 번, 두 시간씩 만나면서 정말 즐겁게 보낸 1년이었다.

지금 하라고 하면 못할 수업들이다. 아무것도 모르고 여러 재료로 같이 놀았던 그때는 정말 아무 것도 아니었다. 그냥 초·중·고생들 대상 모두 지도 가능한 미술강사 정도의 특수교육이었다. 대학원은 내가 알아서 해야 하는 학업 과정인줄 모르고, 뭔가 많이 배울 걸 기대하고 들어간 터라 배운 것도, 아는 것도 없던 애매한 시절이었다. 그냥 '열정'만 있던 시절이었다. 아이들에게 다양한 재료로 많은 경험을 하게 해주려고 자비를 더 들여 재료를 사서 수업했고, '보조선생님들' 밥 사주느라 강사비보다 지출이 더 많았었다. 그게 바탕이 되어 자격증도 딸수 있었고, 슈퍼비전도 받을 수 있었으며 10여 년의 경력을 쌓아 아주 조금 미술을 통해 아이들에게 도움을 줄 수 있는 사람이 된 것 같다.

최근 블로그 이웃인 '좋은치료사'님의 글 한 편을 읽었다. 미술치료사는 비율적으로 남자가 적은데, '좋은치료사'님은 내가 알고 있는 몇 안 되는 남자미술치료사다. 거기에 심리학 지식도 탄탄한 분이다. 나중에 한번 뵙고 싶은 분이다. 글을 자주 못 올리시는데, 한 번씩 올려주시는 글에는 늘 큰 울림이 있다.

심리치료사, 상담자는,

자신의 인격과 삶의 태도를 가지고

직접 내담자 삶의 문제를 맞닥뜨려야 한다.

이 과정에서 필요한 것은 몇 개의 자격증과 학위가 아니다.

자격증과 학위로 이력은 채워지고

그렇게 치료사 행세는 할 수 있을지 몰라도

그것만으로 그 사람이 진정한 치료사라고 할 수는 없다.

치료사의 정체성은 그렇게 증명되어지는 것이 아니다.

치료사의 한 마디가

한 사람의 생명을 좌지우지 할 수도 있다.

그래서 치료사의 삶은 무겁다.

그 과정은 지독하게 지루하고 힘겹다.

배고프고 추운 시간을 수시로 견뎌내야 한다.

그러면서도 배움을 게을리 해서는 안 된다.

그래서 치료사로 산다는 것은

어쩌면 정해진 운명 같은 것이 있어야

가능하겠다는 생각이 들기도 한다.

그런 과정을 거치며 그 정체성이 만들어진다.

끊임없는 수련과 공부와 자기 분석.

그렇게 다져지고 다져지는 과정 속에서

내담자와 함께 넘어지고 뒹굴어야 된다.

취업이 잘될 것 같아서,

돈을 많이 벌 것 같아서,

뭔가 있어 보일 것 같아서 하는 것이 아니다.

물론 이런 마음으로 처음 시작할 수는 있을 것이다.

하지만 금방 알게 된다.

얼마나 그 마음이 우둔한 것이었는지를.

그 순간 결정을 해야 한다.

다른 길을 선택할 것인지,

아니면, 제대로 진짜 치료사의 길을 걸어갈 것인지를.

유혹이 밀려오기도 한다.

쉽고 그럴듯해 보이는 길도 있는 것 같으니 말이다.

그러나 절대 그 길을 선택해서는 안 된다.

분명 쉽고, 빠르고, 그럴싸하지만

그 길은 내담자를 파괴하고

결국 자신도 파괴당하기 때문이다.

치료사가 되는 것과 사기꾼이 되는 것은

항상 나란히 길을 하고 있다.

정말 그렇다. 자격증을 땄다고 다 치료사나 상담가가 아니다. 의사가
되기까지 엄청난 수련의 기간을 거치는 것 같이 마음을 다루는 사람

인 '치료사', '상담가'라고 몇 십 시간의 자격증과 학위로 될 수 있는 것이 아니다. 오랜 시간의 수련이 정말 겸손하고 탄탄한 상담가를 만드는 것 같다. 그래서 나이를 점점 더 먹고 내담자들을 만나면서 더 어렵고 더 모르는 것 같아 이 일을 하는 것이 맞는지 고민하는 친구들이 주변에 많다. 나 역시 매일 그렇다.

　　이제 조금 내 것으로 만들어 이야기할 수 있겠다 싶었는데 온유 일로 내년 한 해는 좀 더 내실을 기하면서 공부하는 시간을 가져야 할 것 같다. '좋은 치료사'님처럼 내 스스로 상담에 대해 좀 더 자신감을 가질 수 있게 공부해볼 생각이다. 타인의 목소리나 글을 빌어 말하는 것이 아닌 내 목소리로 말할 수 있게.

　　사진 속의 아이들이 궁금해지는 연말이다. 지금 다 성인이 되었을 텐데 어떻게 지내고 있을까….

성장하는 아이들

이번 주에는 올해 초등학교에 입학하는 어린이집의 여덟 살 아이들과 마지막 미술수업을 했다. 헤어짐과 이별에 관한 동화책을 할까 하다가 나무작업으로 끝내고 싶어 『신기한 씨앗가게』를 골라 읽어주고 나무를 만들어 책 속의 상상 열매들을 붙여보았다. 아이들이 새로운 것을 아는 것에 그치지 않고 자기만의 생각 표현하기를 바라며 다른 열매들을 그릴 공간과 함께.

온유는 집중력이 많이 늘었다. 어린이집 선생님도 놀라고 나도 놀라는 중이다. 거의 한 시간 반 동안 수업을 하는데, 마지막 10분 정도 자리를 먼저 떴을 뿐이다. 폼보드 나무를 꽂고, 아크릴 물감을 채색하고 열매들을 색칠했다. 의자에 착석하여 40분 수업시간인 학교 수업에 적응할 수 있을 것 같은 희망이 보인다.

여덟 명 정원에 쌍둥이 넷이 빠지면서 거의 개별수업을 했다. 여덟 살 아이들 네 명이 빠져 너무 아쉬운 수업이 되었지만, 그 동안의 수업으로 아이들이 잘 성장한 것을 알기에 대견하고 감사하고 행복했다. 온유도 자기 힘으로 만든 나무가 너무 뿌듯한가 보다. 아빠에게도, 할머니, 할아버지, 이모, 이모부 만나는 모든 사람들에게 자랑을 한다.

어린이집 재능기부 미술수업이 힘들다면 힘들고 당연시 여기는 사람들로 인해 상처받기도 했지만, 반면 감사히 여겨주는 사람들 덕분에 힘낼 수 있었던 시간이었다. 내년에는 열두 명의 아이들과 함께하는데 성장하는 모습을 알기에 어떤 수업을 같이 해줄까 흥분도 되고 기대가 된다.

온유의 집중력이 많이 늘었다

　　　　　　한 시간 반의 미술 수업을 하는 동안 마
지막 10분 정도 자리를 먼저 떴을 뿐이고 폼보드 나무를 꼽고, 아크릴 물
감을 채색하고 열매들을 색칠했다. 의자에 착석하여. 40분 수업시간인 학
교 수업에 적응할 수 있을 것 같은 희망이 보인다.

내 기분은

　　목요일 수업을 준비하다가 여섯 개의 표정이 담긴 그림을 프린트를 해 놓고 가만히 들여다보고 있다. 내 기분은 어떤가. 지금 나의 기분은⋯.

　첫째 진유가 스트레스성 복통으로 2주 동안 결석과 조퇴를 반복하며 힘들어 하고 있다. 온유는 목감기에 걸려 대학병원 언어검사와 센터수업을 다 취소한 채 요 며칠 집에서 가정학습을 하고 있다. 난 그 복잡하고 정신없는 와중에 내 사랑하는 미술재료만 오롯이 있을 수 있게 방을 분리하여 재료들을 정리하고 그 방에 있는 테이블에 앉아 따뜻한 조명, 맛난 커피와 함께 조용히 앉아있다. 지금 내 기분은 평화로우면서 활기차다.

　진유가 어떤 스트레스로 배가 아픈지 알고 있고, 조금씩 나아질 것을 믿으며, 온유는 내일 좋은 컨디션을 회복해 어린이집에 갈 것이다. 나를 제외한 모든 가족들은 고요하고 평화롭게 잠들었고 내일 나는 진유의 친구 엄마들과 맛난 커피와 수다를 떨 예정이다. 이 모든 예상들이 빗나갈지라도 난 올해 안에 우리 출판사 이름으로 온유를 위한 그림책을 출판할 것이며, 그 책을 구상하고 기획하는 모든 과정이 흥미롭고 기대되기 때문에 내 머리와 마음과 생각은 언제나 활기차고 기대에 차 있다. 그 표정은 분홍 얼굴보다는 아랫줄 맨 오른쪽 노랑 얼굴에 가깝다. 기대감에 부풀어 있는 듯한 장난스럽고 들뜬 기분이다.

　삶이 고달플지라도 나를 잃지 않으면 행복하다. 목요일에 아이들은 이 '기분들'에 어떤 이름을 지어줄까. 궁금해지네.

첫째가 아프다

　진유가 아프다. 내 마음도 아프다. 몸의 이상이 회복되었는데 여전히 배가 아프다고 한다. 온유가 태어나고 6년간 쌓인 많은 것들이 더 이상 쌓일 공간이 없어 폭발하나 보다. 해준다고 해줬는데 나만의 방법이었던 것일까? 온유가 태어나기 전까지 5년간 혼자 많은 사랑을 받았던 진유는 다른 동생들보다 조금 더 많은 관심을 받는 온유가 힘들었나 보다.

　금요일에는 학교 조퇴를 하고 대학병원에 가서 큰 이상이 없는지 자세히 검사를 받아볼 생각이다. 오가면서 진솔하게 대화도 나눠야겠다. 이해시키려는 입장이 아닌 진유 입장에서 힘들었을 것들과 속상했을

것 같은 것들. 내 숨겨둔 미안한 마음까지 나누어야겠다. 병원진료와 대화, 소소하지만 많은 관심으로 진유가 나아질 수 있으면 좋겠다.

3월 한 달 동안 온유와 센터, 병원에 오가다보니 진유가 심적으로 혼자 있는 시간들이 많았다. 온유처럼 아파서 엄마 아빠의 사랑을 독차지하고 싶은 마음이 진유도 모르게 생겼을 지도 모르겠다.

낳아주셔서 감사합니다

내가 어려서 아버지는 일하느라 언제나 바빴다. 최근 친정엄마와 대화를 하다가 부모님이 우리 형제들 앞에서 다투지 않을 수 있었던 이유는 새벽같이 일하러 집을 나서 밤이 늦어 들어오는 아버지 덕분이었다는 얘기를 들었다. 우리 삼 남매는 특유의 부지런함과 성실로 자수성가한 아버지 덕분에 풍족하게 살았다. 하지만 소소한 것

들에 많이 서운했다. 입학식이나 졸업식에 아버지가 참석한 적이 없었고, 내가 결혼해 첫 아이 진유를 낳았을 때도, 아버지는 같은 서울이었음에도 병원에 오시지 않았다.

　마흔이 되어서 그런 아버지를 이해하기 시작했다. 아버지의 삶이 얼마나 무겁고 치열했을지. 누리고 싶은 행복한 순간을 포기하고 다른 것을 선택해야 했을 때 아버지의 마음이 어땠을지. 어제 온유를 유치원에 데려다주고 오는 아버지의 차 안에서 할까 말까 고민을 하다가 용기를 내서 말했다.

"아버지, 낳아주셔서 감사합니다."

'육아 말고 뭐라도'

친정엄마는 지금 내 나이와 같은 마흔에 열여섯 살인 언니와 열다섯 살의 나, 열 살의 막내를 키웠다. 육아와 가사가 쉽지는 않았겠지만 인내하고 희생하며 그렇게 살아야 하는 줄 알고 살았다고 했다. 엄마는 고등학교를 우수 졸업하였으나 대학에 떨어지고 재수할 여력이 안 되 아빠를 만나 결혼을 했다. 아빠는 중졸에 7남매의 장남인 데다가 책임질 동생이 네 명이 있었다. 엄마는 결혼과 동시에 시동생 셋을 데리고 살면서 학교에 보내며 뒷바라지를 했다. 그 삶이 즐겁고 행복하기만 했을까. 아버지는 할아버지에게 금전적인 도움 대신 '동생들'이라는 무거운 짐을 받았다. 엄마는, 고모 덕분에 우리를 거저 키우며 아빠 공장식구들 밥을 지어 먹였다고 했다. 엄마가 살림과 육아만 한 것은 아니었다. 틈틈이 뭔가를 계속 했다. 지점토로 생필품을 만들고 요리를 배우고 빵을 구웠다. 전문적인 수준은 아니었지만 그 빵들로 난 낯선 고등학교에 적응할 수 있었고 엄마의 무뚝뚝하지만 희생적인 사랑으로 건강하게 잘 먹고, 가끔 성질도 부리며 자랐다.

엄마는 그렇게 퍽퍽하고 힘든 와중에 자신의 삶을 지키려 애를 썼다. 그게 아이든, 가족을 위한다는 명목이든 새로운 것을 배우고 갈고 닦아 기술을 익혔다. 엄마의 삶을 존경하고 존중한다. 하지만 난 그렇게 살기 싫었다. 여전히 누구의 남편, 누구의 엄마, 누구의 며느리, 누구의 딸이라는 존재로만 사는 것을 거부한다. 내 이름 석자로 살아가고 싶다. 엄마는 가끔 자신의 삶을 내게 강요한다. 내 시간을 갖기란 참 어렵지만 자투리 시간을 쪼개어 난 내 삶을 살기로 했다.

엄마의 삶을 존경하고 존중하지만 난 그렇게 살기 싫다

여전히 누구의 아내, 누구의 엄마, 누구의 며느리, 누구의 딸이라는 존재로만 사는 것을 거부한다. 내 이름 석 자를 갖고 살아가고 싶다. 엄마는 가끔 자신의 삶을 내게 강요한다. 내 시간을 갖기란 참 어렵지만 자투리 시간을 쪼개어 난 내 삶을 살기로 했다.

그림의 힘

온유를 키우면서 시간을 내어 그림을 그리기는 말처럼 쉽지 않다. 외부의 힘이 아니고서는 힘든 일이 되었다. 외부의 힘이 너무 크거나 스트레스가 되면 그 또한 온유에게 고스란히 화로 돌아가게 된다. 그래서 매어 있어야 하는 일은 접고 시간에 쫓기는 일도 포기했다.

그러던 중 의뢰받은 일. 시에 어울리는 이미지를 라인드로잉 하는 작업이다. 내가 제일 좋아하고 조금의 시간과 노력으로 할 수 있는 작업이라 흔쾌히 수락하고 매일 조금씩 그렸는데 그 시집이 오늘 집에 도착했다.

이렇게라도 조금씩 그림을 그리는 것이 얼마나 행복한지 모른다. 하루 온종일 물감 냄새 맡으며 그리고, 덧그리고, 그리고, 지우고, 내 욕구만 들여다보기엔 걸리는 것들이 너무 많아 포기했던 삶에 숨통이 트인다. 이번 작업에서는 시를 통해, 그림을 통해 내 마음도 같이 울고 웃고 어루만지고 보듬고 감싸서 다시 살아갈 힘을 얻었다.

그림은 내게 그런 힘이 있다. 영원히 풀릴 것 같지 않은 일에 열쇠도 되어주고 걱정 근심 없던 아이 때로 돌아가 엄마 품속에서 곤히 자던 아이의 평온함도 선사해 준다. 이 시집이, 얇은 선의 드로잉이 다른 누군가에게 그렇게 되길….

살아갈 힘

그림을 그리는 것이 얼마나 행복한지 모른다. 하루 온종일 물감 냄새 맡으며 그리고, 덧그리고, 그리고, 지우고 내 욕구만 들여다보기엔 걸리는 것들이 너무 많아 포기했던 삶에 숨통이 트인다.

"온유만의 속도로 자라나는 것을 당연하게 포용해주고
이해해주며 신기하고 대견하게 바라봐주는
너무 좋은 온유 어린이집 선생님.
많은 선생님들이 이런 마음으로 대해준다면
발달 느린 아이 엄마들 마음에 날개가 달릴 텐데….."

3
부

내 이름은
이 온 유

온유의 팬티

　　요즘 온유가 팬티를 입는다. 빨래를 널고 갤 때, 아침에 갈아 입힐 때 아직은 낯선 이 분홍 팬티를 접할 때면 그냥 가슴이 먹먹해진다. 발달이 느리거나 더딘 아이들과 부모들을 만나는 것이 내 일인데도 내 아이의 발달이 보통의 아이보다 느린 것은 마냥 사랑스럽지만은 않은 일이다. 때론 속상하기도 하고 우울하기도 하며, 내 체력이 바닥날 때는 짜증과 화도 난다. 단체생활에서는 선생님과 또래 친구들에게 언제나 미안하고 송구한 엄마가 되어야 하는 것도 싫다. 밖에서 다른 아이들과 어울려 놀 때면 내 사정을 모르는 학부모로부터 아이 발달을 비교당하거나, 알고 있는 육아지식을 진리인양 강요받을 때도 많다. 그럴 때 웃는 얼굴로 끄덕거리는 상황이 싫어 어느 때부터 낯선 이를 만나는 일이 꺼려지게 되었다.

　　'겉으로만 보이는 아이의 신체발달로 엄청난 자부심을 갖는 엄마들의 우월감은 못 먹던 시대의 잔재인가?' 이렇듯 삐딱하고 부정적인 인식으로 살고 있는 나인데 온유 팬티는 외로운 사막을 걷고 있는 내게 다음 목마름을 희망으로 견딜 수 있게 하는 오아시스 같다. 잠시 세상을 향한 강퍅한 마음이 사르륵 녹는다.

설빙

　　구정 때 예쁘게 입히고 싶어 온유의 한복을 멋스런 것으로 일찍이 구입했다. 그런데 이번 구정에는 나와 남편만 부산 시댁에 다녀

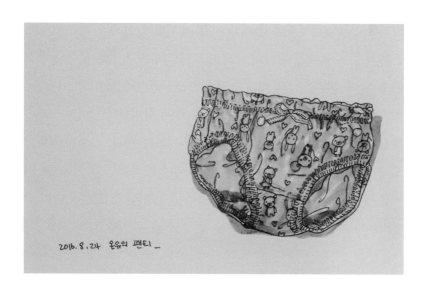

2016. 8. 24 온유의 팬티 _

희망

　　온유의 팬티는 외로운 사막을 걷고 있는 내게 다음 목마름을 희망으로 견딜 수 있게 하는 오아시스 같다.

오게 됐다. 표를 구하기도 어렵고 활동적인 온유를 데려가는 것이 체력적으로 버거운 이유도 있지만 가장 큰 이유는 일 년에 한 번 만날까 말까한 분들에게서 온유에 대해 이말 저 말을 듣는 일이 버거워서다. 온유와 같은 또래를 손녀로 두신 어르신들의 비교 섞인 말이나 충고를 들을 여력이 없다. 또 온유가 그런 말을 듣게 하고도 싶지 않다.

그래서 그냥 친정찬스를 사용하기로 했다. 할머니가 역귀경 하시는 친정에 진유와 온유를 하루 맡기고 내려가기로 했다. 그렇게 계획하고 표를 끊고 나니 오만 가지 생각이 꼬리에 꼬리를 문다. 내가 내 아이를 아직 있는 그대로 받아들이지 못하는 건 아닌가. 그래서 미리 방어막부터 치는 것은 아닐까 하고….

온유의 가방

평화로운 오후, 온유가 낮잠을 자는 사이 오랜만에 그림을 그렸다. 온유의 외출가방이다. 전에는 아이가 무슨 강아지냐며 이런 가방까지 메게 하는 부모가 너무하다 생각했었는데, 막상 내가 가방에 달린 끈 손잡이를 잡고 다녀보니 그들 부모의 마음은 오죽했겠나 싶다. 에너지 넘치는 질주 본능의 아이가 집안에만 있는 것은 아니다. 산으로, 공원으로 데리고 다니려면 어쩔 수 없는 선택이라 스스로 맘을 다독여 보지만 마음 한켠이 참 미안하다.

강원도의 외할아버지 집이 완성되면 이런 가방 없이 좋은 공기 마시며 넓은 잔디에서 뛰어놀 때가 오겠지….

온유 한복

구정 때 입히려고 온유 한복을 일찌감치 구입했지만 결국 입히지 못했다.

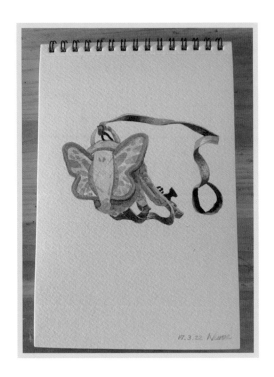

끈이 달린 가방

　　　　　강아지마냥 가방 끈을 든 부모를 보면 너무하다 생각했었다. 막상 내가 가방에 달린 끈 손잡이를 잡고 다녀보니 그들 부모의 마음은 오죽했겠나 싶다. 산으로, 공원으로 데리고 다니려면 어쩔 수 없는 선택이라 스스로 맘을 다독여 보지만 마음 한켠이 참 미안하다.

"아빠가 여기 있네!"

　　　　　　　오늘 아침 이불 속에 숨어있는 아빠를 찾으면서 만 48개월 온유가 처음 완성한 문장이다. 늦게 말 터지는 아이들이 단어 몇 개로 말하다가 갑자기 문장으로 줄줄줄 말한다는, 그런 기적은 나에겐 일어나지 않았다. 2년 동안의 언어치료와 엄마, 아빠, 오빠, 이모, 할머니, 할아버지, 삼촌, 고모의 관심과 노력으로 이제 어눌하지만 한 문장을 말할 수 있게 되었다. 우리 가족만의 작은 기념일이다.

친구는 소중해

　　온유와 네 살 때 같은 어린이집에 다니던 친구가 알고 보니 같은 아파트에 살았다. 요즘 온유가 그 친구와 친해져서 같이 미술놀이도 하고 역할놀이도 하며 집에서 신나게 논다. 온유도 즐겁고 수아와 수아 엄마도 즐거워하는 것 같다. 느리게만 가던 시간도 빨리 가고 너무 좋다.

　　발달이 다른 아이들보다 조금 느리고 더뎌 한 번에 통제가 안 되고 손이 더 간다는 이유로 온유가 공교육 안으로 들어가는 건 당장 어려워 보인다. 5세 반 정원이 15명에서 18명이 되는 어린이집에서 담임 선생님이 온유 같은 아이를 예뻐하기도 예수님 마음이 아닌 이상 정말 쉽지 않을 것이다.

　　온유와 둘이 지내는 시간이 한 달을 넘기면서 약간 힘들고 지쳤었는데 소중한 인연을 만났다. 밖에 나가면 또래 아이들을 만나기 너무 힘들어 온유와 비슷한 친구를 찾아 놀게 해야 하나 싶을 정도였다. 이렇게 마음 맞는 친구가 있다는 것이 눈물 나게 감사하다.

신나는 어린이집

　　온유는 오늘부터 한살 아랫반으로 어린이집을 다니기 시작했다. 올해부터 아이의 발달에 따라 위, 아랫반으로 공식적인 반 배정이 가능하다는 관련 기사를 보았던 나는 어린이집 상담 때 문의를 했었다. 원장님이 잊지 않고 아랫반 자리가 비자마자 연락을 주셨다. 주민 센터에 연락하여 혹 다른 서류 준비가 필요한지 알아보니 이런 케이스가 처음인지 담당자가 구청에 연락을 해서 알아보고 연락을 준다고 해서 씁쓸했다. 일부러 통합반을 많이 운영하는 요즘이라 아이 발달과 선생님에게 훨씬 좋을 텐데 이런 문의는 처음인 눈치였다.

　　어쨌든 온유는 신났다. 구석에 박아둔 예전 어린이집 가방을 어떻게 찾았는지, 들고 나왔다. 그걸 메고 다닐 땐 마음이 참 아팠는데 이제 새 어린이집 가방을 메고 밝게 웃으며 운동화 넣는 것도 잊은 채 선생님에게 달려가 안기는 아이를 보니 너무 행복하다. 잘 적응하길, 응원해 딸!

선생님 복

오늘 어린이집에서 근처 공원으로 놀러나갔던 온유가 갑자기 도로 쪽으로 전력 질주하면서 아찔한 상황이 생겼었던가 보다. 선생님이 반 아이들 일곱 명을 두고 온유를 잡으러 뛰셨다고 한다. 밥도 잘 안 먹는 몸무게 1퍼센트의 아이가 체력이 바닥날 때까지 정신없이 뛰어다니니 경련하기 전 증상처럼 눈이 풀려 쓰러질 것 같다고 연락이 와서 나도 냅다 뛰었다.

선생님 복이 많은 이온유. 이런 상황이 당황스럽고 놀라셨을 법도 한데 선생님은 충분히 이해해 주었다. 상태가 괜찮아졌다면서 밥까지 먹이고 가라고 하여 교실에 들어가 아이들 점심을 먹이고 함께 있다가 온유를 데려왔다.

좋은 선생님을 만나는 건 정말 감사한 일이다. 원장님이 좋다 한들 담임선생님이 아이 케어가 안 된다고 거절하는 상황이면 공교육에서 생활하기 어렵다. 원장님의 강압에 의해 끌고가야 하는 상황이면 아이는 소외되거나 정서적으로든 신체적으로든 학대당하기 십상이다. 정원을 열네 명까지 받을 수 있는 5세 반 담임이면 성인군자나 숙련된 아동전문가가 아닌 이상 나 같아도 그럴 수 있을 것 같다. 온유처럼 발달이 애매하게 지연된 아이들은 열악한 어린이집 환경에서 케어 되기가 어려운 게 현실이다. 그래서 가정에서 엄마가 데리고 있는 경우가 많다. 게다가 장애등급을 받은 것도 아니다. 안 그래도 경쟁률이 치열한 장애통합어린이집에 다닐 수도 없다. 혼자 지내기는 엄마

든 아이든 한계가 있어서, 같이 놀 수 있는 처지 비슷한 친구를 만들어
주려고 네이버 카페를 통해 친구를 찾기도 한다. 내 처지가 그렇다보
니 유사한 삶들이 하나 둘 눈에 들어온다.

담임선생님에게 오늘처럼 야외수업이 있는 날에는 나를 적극 활용
하라고 전했다. 온유 양육으로 정규적인 일을 안 하고 있어서 선생님이
불편하지 않고 아이들이 괜찮은 선에서 돕는 것이 모두를 위한 방법인
것 같다. 아이 발달이 느린 것을 죄송해하지 않고 다른 아이들도 안전
하게 생활할 수 있도록 내가 할 수 있는 최선의 노력을 하려고 한다.

양 손 브이

센터수업에 온유를 들여보내고 난 뒤 방금 찍은 사진들을 찬찬히 봤다. 온유가 손가락으로 'V'를 하고 있다. 한 손만 되는 줄 알았는데 다른 사진엔 두 손 다 하고 있다. 순간적으로 찍은 건데 의식하지 않고 자연스럽게 'V'를 한다. 순간 눈물 이 왈칵 났다. 사진 한 장에 무한 행복한 아침이다.

믿고 맡기는 것

　　지난 주에 온유가 어린이집에서 친구의 등을 심하게 물었다. 예전에도 온유가 가슴을 꼬집어 살점이 떨어진 아이다. 이번에는 등을 세 번이나 심각하게 물었다. 내가 데리고 있으면서 격리시키고 나아지길 기다리는 것이 정답이 아닌 걸 알지만 이런 일이 일어나면 '시간이 지나면 나아지겠지' 하는 마음과 '온유 친구들은 무슨 죄일까' 하는 미안함이 내 안에서 각축을 벌인다.

　자기와 성향이 맞는 친구는 눈에서 꿀이 뚝뚝 떨어지게 좋아하는데, 조금이라도 불편하게 하는 친구는 물고 꼬집고 때리며 3종 세트를 날리는 온유. 갈등이 있는 그 순간이 아니더라도 언제든 그 마음을 품고 있다가 응징한다. 다행히 어린이집에서는, 이런 상황이 온유 혼자만의 잘못이 아니라고 한다. 00이가 온유의 장난감을 말도 없이 가져간 것, 선생님이 그 상황에 부재했던 것, 온유가 흥분한 상황에서 돌발행동한 것으로 보고 다각적인 접근으로 해결을 모색해 주셨다. 온유가 이번 여름방학을 지나면 4세 반이 아닌 온유 나이에 맞는 5세가 있는 반에 가는 것으로.

　선생님들이 보기에 온유는 발달이 더디긴 하지만 1월생인 데다가 자극에 대한 욕구가 4세 반 수업으로는 충족이 안 되는 것 같다고 한다. 또 너무 활동적인 수업이 온유를 흥분시키는 것 같다고 했다. 솔직히 무엇이 맞는지 잘 모르겠다. 내가 내 아이 발달 상태를 보고 정상발달의 또래와 지내면서 누리과정을 따라가는 깃이 스드레스일 깃 같아 아랫반으로 어린이집을 보낸 것이었는데 그게 온유를 위한 방법이 아

니었다면 할 수 없는 일이다.

　여러 선생님이 머리를 맞대고 온유를 위한 것이 무엇인지 고민하고 고민하여 그렇게 하는 것은 어떠냐고 제안하는데 내 주장만 하는 것이 맞지 않는 것 같았다. 믿고 맡기는 것, 지금 이것이 나에게도 숙제 같다. 혼자 세상을 살 수 없는 것처럼 온유도 혼자 살아갈 수는 없으니 선생님들의 결정을 믿어보기로 했다. 설사 지금 내린 이 결정이 틀렸더라도 원장님과 선생님은 온유에게 무엇이 더 나은지 고민하고 고민해 주실 분들이라는 것을 믿는다.

어린이집 통합반 삼 일째

　　온유는 지난 학기에 어린이집에서 생일 나이 5세 반이 아닌 한 살 어린 네 살 동생들과 한 반에서 지냈다. 4세 반이라고는 하나 온

유가 1월생이니 12월생 동생은 거의 두 살 차이가 나는 셈이다. 언어와 신체발달이 많이 더디고 5세 반은 선생님 한 분이 정원 14명까지 돌보게 돼 있어서 온유를 포함해 많은 아이들과 함께 감당하기 어려울 것 같아 일부러 아랫반으로 보냈었다. 다른 이유들도 많이 있었지만 본능적으로 자기보다 한참 어린 동생들을 만만히 여겨서 물고 꼬집고 때리고 많이 괴롭혔다. 4세 반 아이들이 낮잠을 잘 때 온유는 가끔 옆 반 (5,6,7세 통합반)에서 수업했던 적이 있었는데 그때는 전혀 그런 모습이 없었다고 한다.

온유가 4세 동생 등짝을 세 번 세게 문 사건 이후 원장님과 선생님들이 오랜 회의를 거친 결과, 개학과 함께 온유는 5,6,7세 통합반에서 수업을 하게 되었다. 선생님이 첫날 보내주신 사진에는 온유가 진득하게 앉아서 젠가를 한다. 나뿐 아니라 사진을 본 가족들도 다 놀랐다. 온유가 이걸 쓰러뜨리거나 던지지 않고 얌전히 앉아 집중하는 모습이 거짓말 같았다.

둘쨋날은 밥을 다 먹은 후에 식판을 정리하고 양치질 하는 순서를 한 장 한 장 찍어서 보내주며 가정에서도 천천히 교육시켜주기를 당부해주셨다.

"어머니, 온유 똑똑한 아이에요. 다 할 수 있어요. 집에서 안 시키셔서 그래요. 스트레스 받지 않게 천천히 스스로 할 수 있도록 도와주세요."

담임 선생님의 말씀을 듣는데, 질책당하는 말로 들리지 않았다. 그 동안은 온유가 자주 아프고 체력이 약해서 가족들 모두 그랬을 수밖에 없었을 테니 이제부터라도 노력해주면 된다는 친절한 협조문처럼 느껴졌다.

통합반 선생님은 아랫반 선생님과는 다른 성향의 차분하고 원리원칙을 지키시는 선생님이다. 언뜻 냉정해 보이기도 하지만 아이들의 사회성과 자립적인 생활을 위해 애쓰시는 사랑 넘치는 선생님인 것 같다. 여전히 간단한 단어 외에는 본인만 알 수 있는 말을 하고, 인지, 신체발달도 더딘 온유지만 천천히 성장하며 오늘도 잘 지내고 올거라는 확신이 든다.

온유를 어린이집에 보내고 매일 마음 졸이며 전화기를 손에 붙들고 달려갈 준비만 하며 지냈는데, 오늘 조금 평안함이 찾아왔다. 여유까지…. 그림을 그릴까, 책을 읽을까.

달팽이 같지만 사랑스런 아이

온유가 어린이집 등원 길에 만난 민달팽이. 아파트가 산 아래 자리하고 있어 멀리 가지 않아도 곤충 등을 쉽게 볼 수 있는데 민달팽이는 처음 만났다. 등원 길에는 인도 제일 오른쪽에 있었는데 온유를 어린이집에 데려다주고 오니 거의 왼쪽까지 와 있다. 틈 사이를 어떻게 갈까 했는데 더듬이로 조금 탐색하더니 잘도 건넜다. 자세히 보니 느린 것 같지도 않다. 몸과 더듬이를 쉬지 않고 움직인다. 온유도 그렇지 않을까. 보기엔 느려도 열심히 더듬이로 탐색하고 모든 감각을 쉼 없이 움직이고 있는데 엄마가 보기에만 느리게 보는 건 아닌지… 예민하고 조심성 많은 기질을 갖고 참 열심히 살아주는 내 아이. 고마워.

발달지연 무엇이 답일까

　　온유는 아기 때부터 모든 발달이 조금씩 더뎠었다. 책에 나오
는 개월 수에 맞게 발달된 적이 거의 없었다. 아이는 사람이 아니던가,
영유아 검진에서 크게 이상이 없으면 나중에 발달하려니, 첫 아이도
아니어서 아이 성장에 무지한 것도 아니고, 자극을 안 주는 것도 아니
며 환경이 나쁜 것도 아니라 생각해서 잘 놀아주며 기다려 주었다.

　세 번째 영유아검진을 받은 후였다. 다른 건 몰라도 언어가 너무 지
연되어 정밀 검진을 받으라는 진단을 들었다. 10년 동안 두 아이 진료
를 맡기는 할아버지 소아과 의사 선생님의 진지한 제안이었다. 부랴
부랴 남편과 서울대어린이병원에 전화를 해보았다. 언어지연이 있을
때 가장 기본으로 받는 진료가 소아이비인후과 진료다. 온유가 27개
월 정도밖에 안 되어 수면제를 먹이고 청력검사를 하였다. 청력에는
이상이 없었고, 말하기를 위한 신체 구조에도 이상이 없었다.

　그 다음 코스는 소아청소년정신과의 언어 발달검사. 검사 결과, 자
폐성 장애는 아니고 언어와 인지가 1년 이상 지연되었다고 했다. 검
사 결과가 거의 그렇듯 언어 표현이 안 되면 점수를 얻지 못하는 문항
들이 많다. 그래서 인지는 실제 인지보다 더 많이 낮게 나올 가능성이
있다고 했다. 병원에서 권하는 것이라고는 언어치료와 감각통합치료
가 다였다. 검사를 받고 집으로 돌아가는 길에 언어치료를 하는 친한
동생에게 자문을 구하고 집 근처 선배의 발달센터에서 수업을 받기로
했다. 주 1~2회 언어치료, 주 1회 감각통합치료. 그렇게 수업을 받은
지 2년이 넘었다. 바우처 지원이 안 되어 지금까지 순수하게 치료비만

1천 만원이 넘게 든 것 같다.

가끔 온유를 보며 센터에 다니는 일이 과연 맞는지, 수업을 받아 좋아지는 것인지, 그냥 시간이 지나서 조금씩 느리게라도 발달하는 것인지 궁금할 때가 있다. 엄청나게 큰 돈은 아니지만 매달 수십 만원 되는 돈을 내며 정말 값어치 있게 필요한 곳에 쓰고 있는 것인지, 아니면 내 불안을 해소하고 주변의 시선에 '나 아이 방치하지 않고 노력하는 부모다!'라고 보이기 위한 것인지 매번 되뇌이게 된다.

온유는 오늘도 거의 알아들을 수 없는 자기만의 문장(?)으로 한참을 말했다. 아직 답답함을 못 느끼는게 다행이기도 하다. 언제쯤 말이 트이고 생존 문장 이상의 다른 말들을 할 수 있을까. 딸래미의 조잘거림으로 밤새 수다 떨 날을 기약 없이 기다린다.

눈 녹듯이

아침부터 눈이 엄청나게 많이 내렸다. 경비아저씨들이 쓸어
주실 틈도 없게 엄청난 속도로 내린 데다가 집에서 내려가는 경사가
심해 어린이집을 하마터면 못 갈 뻔했다. 크게 피곤하지 않으면 '어린
이집은 규칙적으로 보내자'는 것이 철칙이라 엉금엉금 기어서 갔다.
눈발이 얼굴로 마구 들어와 온유가 눈도 못 뜨고 숨도 제대로 못 쉬었
다. 한 손에는 터닝메카드를 꼬옥 들고. 요즘 오빠들과 이 장난감으로
자유놀이를 즐긴다고 한다. 진유 오빠가 오래 전에 갖고 놀던 것을 온
유가 갖고 놀아주니 감사할 뿐이다.

온유를 등원시키고 집으로 올라오는 계단 옆 놀이터들의 눈이 눈부
시게 아름다웠다. 벽의 눈들도 예술작품같이 너무 멋지게 보였다. 아
무도 밟지 않은 눈을 신난 강아지마냥 밟고 다니며 나도 잠시 아이로

돌아가 혼자만의 즐거운 시간을 보냈다. 집에 들어오니 온유가 아침에 일어나 만들어놓은 블럭이 눈에 들어온다. 친구들과 나란히 차를 타고 있는 모습을 보니 타인을 조금씩 인지하나 보다. 차례를 지키고 양보도 하고 '미안해, 고마워, 사랑해' 표현도 조금씩 늘어가는 온유.

진유의 하교가 걱정되어 데리러 가야 하나 말아야 하나 고민하다가 영상의 기온에 눈이 스르륵 녹고 있는 것이 보였다. 하얗게 쌓인 눈이 따뜻한 날씨 속에 언제 내렸나 싶게 감쪽같이 사라지는 것을 보는데, 내 아이가 갖고 있는 질병도 형체 없이 녹아 사라졌으면 하는 생각을 해본다.

산타할아버지가 소원 좀 들어주지. 들어주면 또 다른 소원들이 생길까? 욕심은 끝도 없고 만족하기 힘든 것이 사람인가 보다.

의사소통의 감사함

　　매서운 추위가 계속되는 것 같다. 이번 추위가 마지막이라는데 조금씩 따스해지는 날이 기다려진다. 온유는 오늘부터 방학이다. 등원시켜도 되지만 아이들에 비해 선생님이 너무 적으시고, 온유는 변수도, 케어할 것들도 많아서 안 보내기로 결정했다. 방학 첫날 열 시까지 잠을 늘어지게 자고 늦은 아침을 먹은 뒤에 이모 집에 가서 요즘 필 꽂힌 어피치와 함께 놀았다.

　계속 '꼬마버스 타요'만 보던 온유였는데 오랜만에 '콩순이'를 틀었다. 예전에 비해 율동도 잘 따라서 하고 스토리 이해도 하는 모습이었다. 어제 온유의 담임선생님이 일지를 적으며 너무 감격스러운 일이 있어 일부러 전화를 주셨다. 온유와 의사소통이 너무 잘 된다는 것이었다. 두 시가 하원 시간인데 한 시 55분이 되면 본능적으로 시간을 알고 선생님에게 '엄마 폰!' 하며 전화해 달라고 조른다고 한다. "엄마, 시간되면 오실거야."라고 말하면 잘 알아듣고 옷을 입고 기다린다고. 어제는 다른 아이의 하원준비를 함께 하느라 잠시 못 본 사이 막대기 사탕을 손에 들고 있길래 누가 줬냐고 묻자 '조아 선생님!'(좋아해 반 선생님)이 주셨다고 대답하기도 했다고 한다. 같은 반 오빠랑 실랑이를 하다가 온유가 오빠 눈을 찔렀는데 선생님이 왜 잘못했는지 조곤조곤 이야기를 해주자 오빠에게 가서 "미안해!"를 진심으로 말했다고도 했다. 그래서 오빠 기분이 풀렸다고. 상황을 모면하려고 얼렁뚱땅 말하는 모습이 아니라 정말 이해하고 미안해하는 모습이었다며 온유가 너무 많이 성장했다고 뿌듯해 하고 감격해 하셨다.

의사소통이 되는 것이 이렇게 감격스러운 일인지 예전에는 몰랐다. 선생님도 감격, 부모인 나와 남편도 감격, 할머니와 할아버지, 언니와 형부도, 첫째 진유도, 온유와 소통할 수 있음에 너무 감사한 연말이다.

날씨는 춥고 세상은 흉흉한데 내일은 아들 방학이고 위장은 계속 부대끼는 요즘이다. 그래도 단어로 대화가 되는 온유의 발달에 너무 행복한 연말이다. 해피 뉴이어다!

새해 기대

1월이 되고 온유는 외할아버지의 홍천 집에 가서 썰매도 타고 생일도 지냈다. 그리고 만 5세, 한국 나이로 6세가 되었다.

최근에 조산으로 일찍 태어나는 12월생 이른둥이 아기의 부모들이 청와대에 청원 올린 글을 보았다. 한국 나이로 며칠만에 두 살이 되어 일반 공교육 시스템에 맞춰가기가 너무 힘들다고, 만 나이를 추진하

자는 내용이었다. 건강하게 태어난 12월생도 영유아기에 힘든 시절을 보내는데 이른둥이들은 오죽할까. 온유는 그에 비하면 정말 축복받았다. 첫째 진유가 예정일보다 보름 정도 이른 11월 말에 나오는 바람에 금방 두 살이 되어 또래들에게 치이는 것을 본 나로서는 온유도 그리 될까 노심초사 하며 새해가 지나길 얼마나 바랐는지 모른다. 다행히 1월에 태어나줘서 감사했는데 이렇게 발달도 느리고 언어도 늦되니 조금만 일찍 태어났으면 내 맘이 지금보다 더 타들어갔을 것 같다.

지난 주에 온유는 오빠와 3일 차이로 독감에 걸려 끙끙 앓으며 일주일을 오롯이 집에 있어야 했다. 미세먼지도 심해 밖에도 못나가고 집에서 지지고 볶았다. 어린이집에 너무 가고 싶어 원복을 입고 울고불고 소란했는데, 며칠 후 간만에 간 어린이집에서 너무 기뻤던 나머지 반 친구들을 엄청 꼬집었다고 한다. 반가움이 덜 전달될까 그러는 것인지, 아니면 자기에게 관심을 보여줬으면 하는 바람때문인지 어떤 기대들이 꼬집는 행동들로 나오는 것 같다. 어떠하든 그건 온유의 사정일 뿐. 반 아이들에게는 언제나 미안하다.

큰아이와 온유가 쓸고 간 독감 때문에 이제 남편이 골골하다. 그래서 주말엔 나도 오랜만에 푹 쉬려고 한다. 첫째의 학교 방학에, 두 녀석 병 간호에 수많은 약 챙기기에 애썼다. 장누리. 미세먼지가 기승을 부리는 뿌연 주말이지만 마음만은 맑은 오후이길.

죄송하다고 하기 싫다

내일은 어린이집에서 온유의 생일잔치가 있는 날이다. 온유가 축하받는 자리이나 이 기회를 빌어 같은 반 친구들의 부모님들에게 편지를 준비했다.

선물을 포장하면서 들은 윤종신의 노래 〈너에게 간다〉의 멜로디가 너무 애절해서일까 갑자기 서글퍼서 울고 싶어진다. 나도 '죄송하다'고 하기 싫다. 나도 그냥 '생일파티 잘하고 와!'라고만 하고 싶다. 그런데 이런 기회가 아니면 얼굴도 잘 모르는 같은 반 부모님들에게 감사하다는 말을 꺼낼 기회가 별로 없다. 물고, 때리고, 꼬집는 반 친구를 누가 예뻐할까.

온유의 담임선생님은 정말 천사다. 언제나 '온유, 밥도 잘 먹고 이해력도 많이 좋아졌다'며 연신 칭찬만 해주신다. 맨날 틀리지만 참여할 기회를 동등하게 주시고 온유를 걱정하는 나를 도리어 나무란다. 덕분에 온유는 표현할 수 있는 언어가 많이 늘었다. 어린이집에서의 자극이 한 몫 하지 않았을까 짐작한다. 그래서 고마우면서 미안하다. 또래와의 어울림 때문에 고민 끝에 어린이집에 보냈는데 또래를 괴롭히고 힘들게 하니 보내는 내 마음 또한 무겁다. 그러려니 참아주는 반 부모님들이 너무 감사하면서도 조금은 이해해 주셨으면 하는 간절한 마음으로 편지를 적어봤는데 진심이 전해질지 모르겠다.

적어도 모른 척하고 있는 파렴치한 부모는 아니라는 것을 말하고 싶었다. 그냥 보통의 부모였다면 나는 어떤 모습으로 살고 있을까. 이런 생각을 하는 거 보면 요즘 내게 여유가 생긴 건가 보다. 남편이 "이렇게까지 해야 하는 거냐"며 살짝 말을 흘리고 지나간다. 뒤통수에 대고 욕을 한바가지 하고 싶다. 나도 이러기 싫다. 나도 죄송하다고 하기 싫다. 점토놀이세트도 오래 고르다가 산 것인데 온유 친구들이 맘에 들어 했으면 좋겠다. 어쨌든 오래오래 기다린 생일파티, 즐겁게 잘 하기를…. 응원해 온유!

62개월 온유의 요즘

온유는 경련 없이 거의 일 년을 잘 버티고 있다. 인지도 많이 좋아지고, 여전히 발음이 불안정해서 엄마, 아빠, 이모, 외할머니 말고는 잘 알아들을 수가 없긴 하지만, 필요한 표현을 간단한 문장으로 조금씩 표출할 수도 있게 되었다.

조음장애의 증상이나 장애라고 하고 싶지 않다. 좋아질 거라고, 조

금씩 더 정확해질 거라고, 다른 사람도 알아들을 수 있을 거라고 믿는
다. 여전히 내리막길에서는 전력질주하고 흥분해 뛰어다니다가 넘어
지기도 하며, 무릎이 까졌는데도 아픈지 모르고 뛰어놀 때도 있지만
걸음걸이도 많이 안정되고 한발 뛰기나 균형감각도 많이 좋아졌다.
가위질도 훨씬 수월해졌고 선긋기도 가능해져서 글씨를 점선으로 그
려주면 이어서 그릴 수도 있다. 아직 몸통은 나오지 않지만 사람 그림
도 눈코입귀를 상징하는 모양들을 다 표현한다.

　또래들에 비해 많은 부분이 여전히 더디지만 안주하지는 않되 조급
해 하지 않기로 남편과 다짐했다. 하나님이 사람을 만드실 때 한 명,
한 명 다 다르게 만드셨고 각자의 달란트와 재능이 다르니 온유가 갖
고 있는 장점을 존중하기로 했다. 공간 구분을 하며 색칠할 수도 있고
선생님의 도움을 받아 한 장의 그림도 완성할 수 있는 온유. 온유는 선
생님 복도 많다. 올해 어린이집의 담임선생님도 너무 좋은 분이다. 온

성장1

　시간이 흘러 추운 한파가 가고 봄꽃들이 피어나는 것 같
이 조금 더딘 아이들도 자라고 성장하고 있다고 믿는다. 그 동
안 엄마인 나도 잘 성장하고, 즐겁고 아름답게 살아가고 싶다.
아이에게 너무 메이지 않되 하루살이 같이 최선을 다해.

유의 가능성을 존중해주시고, 많이 좋아졌다면서 언니 오빠들과 함께 어울려 지낼 수 있도록 도와주신다. 온유는 다른 친구들처럼 오후 네 시까지 어린이집에서 지내다 오는 것은 아니지만 오후 두 시 30분까지 규칙적으로 원에 갔다가 돌아온다.

온유의 센터 언어선생님을 다음 주부터 바꾸기로 했다. 2년 정도 한 선생님과 수업하다보면 아이도 선생님도 루틴이 형성되어 정체기가 된다고 한다. 수업받는 요일을 바꾸면서 선생님을 다른 분으로 바꿔 보기로 하였다. 시간이 흘러 추운 한파가 가고 봄꽃들이 피어나는 것 같이 조금 더딘 아이들도 자라고 성장하고 있다고 믿는다. 그 동안 엄마인 나도 잘 성장하고, 즐겁고 아름답게 살아가고 싶다. 아이에게 너무 메이지 않고 하루살이 같이 최선을 다해.

나를 발견하게 해준 소중한 이웃

온유는 간헐적으로 나타나는 뇌전증 증상보다 일상생활 속에서 드러나는 더딘 인지와 언어로 눈에 띄는 아이다. 진유의 친구 동생들이 온유 또래들이라서 같이 어울려 놀다보면 "온유는 여섯 살인데 말을 왜 이렇게 못해? 무슨 말을 하는지 모르겠어. ㅇㅇ이는 말 엄청 잘하는데."라고 묻기도 하고, 온유가 인형놀이나 소꿉놀이를 하기 어렵기 때문에 따로 놀고 싶어 하는 경우가 많다.

어제 오랜만에 진유의 친한 친구 세 명과 엄마들, 동생들이 함께 저녁을 먹었다. 짜장면과 치킨을 먹고 난 후에 아이들이 장난감 가득한 방에 들어가 노는데 온유가 언니들을 따라서 방에 들어가려고 할 때였다. "온유야, 온유는 이리와. 엄마가 타요 보여 줄게." 내 말이 미처 끝나기도 전에 눈치가 백단인 온유는 언니들이 있는 방으로 벌써 들어갔다. 안고 나올까 생각했지만 일단은 큰 소리가 나지 않기에 그냥 두자 싶어 멀찌감치 노는 아이들에게 "얘들아, 미안해!"라고 말했다. 그 말을 들은 진유 친구의 엄마가 "미안하다고 하지 마. 온유도 다 알아. 그리고 뭐가 미안하냐!"고 한다. 우리 사이에서까지 그러지 않아도 된다며….

어렸을 적부터 남에게 피해를 주지 않는 삶에 대해 철저히 훈련된 나는, 내 아이가 이미 타인에게 많은 피해를 주었다고 스스로 생각했나 보다. 그래서 온유와 같이 어울리는 것이 나 같아도, 아이 부모 같아도 싫을 것 같다는 생각을 너무나 자연스럽게 하고 있었던 것 같다. 믿을 수 있는 친한 사이에서도 난 언제나 저자세였고 미안해했다.

진유에게는 같이 어울려 함께 잘 살아가는 삶을 가르치면서 온유에게는 너는 어울릴 수 없으니 그들에게 피해 주지 말라며 기회도 주지 않고 격리시켜 온 것이다. 어제 그런 폐쇄적인 내 모습을 이웃을 통해 확인했다. 이웃의 그 조언에 순간 눈물이 핑 돌았다. 그리고 창피하면서 고마웠다. 미안해하지 말라고 말해주는 이웃이 있어 참 좋다.

예상치 못한 위험

생각치도 못한 곳에서 온유가 발바닥을 다쳤다. 균형 잘 잡으라고 감통실에 있는 기구를 사줬는데 고무와 플라스틱 사이에 발이 끼어 찢어질 줄이야. 아이 살은 너무 연해서 꿰매면 더 너덜너덜해진

무엇이 민폐일까

　　　　　어릴 적부터 남에게 피해를 주면 안된다고 훈련이 된 나는, 내 아이가 이미 타인에게 많은 피해를 주었다고 스스로 생각해서 온유와 같이 어울리는 아이들에게 늘 미안해 하고 지나치게 고마워했다. 진유에게는 같이 어울려 함께 잘 살아가는 삶을 가르치면서 온유에게는 너는 어울릴 수 없으니 그들에게 피해 주지 말라며 기회도 주지 않고 격리시켜 온 것이다. 미안해 말라는 이웃의 그 조언을 듣고 그래서 눈물이 났다. 창피하면서 고마웠다.

다고 고정밴드와 재생밴드를 붙이고 반 깁스를 했다. 자기 살이 붙어 있으면서 새살이 차오르는 것이 감염과 염증으로부터 가장 안전한 방법이라고 한다.

정말 예상치도 못한, 안전하다고만 생각한 기구에 다치는 것을 보니, 내가 온유의 감각에 대해 많은 부분 잘 모르고 있었던 것 같다는 생각이 든다. 그 와중에 감사한 것은, 온유가 응급실에서 집에 오자마자 어디서 다쳤는지 말해주었다는 것! 온유가 알려주지 못했다면 미궁 속으로 빠졌을 사건이었다.

일주일간 온유는 어린이집에 가는 것을 포기하고 나와 시간을 보내야 한다. 온유가 아파 입원할 때마다 엄마와 많은 시간을 보내고 즐거운 추억 쌓으라고 만들어주신 시간이라고 생각한다. 일주일간 잘 놀아보자. 또 하나 배웠다.

'말썽 피워서 쫓겨난 아이'

어제 남편이 집에 들어오면서 엘리 베이터에서 온유와 같은 어린이집에 다니는 아이를 만났다고 했다. 같은 아파트 동에 사는 주연이는 온유가 다섯 살이던 지난 해에 네 살 반에서 세 달 정도 지낼 때 함께 지냈던, 온유보다 한 살 어린 아이다. 온유가 활동적인 수업을 할 때 동생들과 트러블이 자주 일어나자 어린이집 교사회의에서 온유를 원래 나이인 다섯 살 반으로 보내기로 결정하

고 온유는 복귀했었다. 그런 상황을 주연이가 대략 알고 있었는지, 아니면 자기 생각대로 해석한 것인지는 모르겠다. 엘리베이터에서 주연이가 온유 얼굴을 보며 자기 아빠한테 "쟤, 말썽 피워서 쫓겨났어!"라고 하더란다. 남편으로부터 그 얘기를 전해 듣는데 그 아이한테도, 남편에게도 화가 났다. 참다 참다 결국 남편에게 "그걸 그냥 넘겼어? 온유가 이해 못하는 거 알고 일부러 그러는 건데, 내 딸 얘기인 줄 알고도 그냥 넘겼어?"라고 몰아붙였다. 그리고 이어 "딸 바보가 아니고 당신은 그냥 바보야!"라고 쏘아붙였다.

월요일에 어린이집 선생님들에게 상황을 설명하고 도와달라고 하기로 했다. 내가 아는 온유의 작년 두 선생님과 지금 담임선생님은 모두 좋은 분들이다. 온유 상태를 이해해주시고 온유를 다른 아이들에게 충분히 이해시켜준 분들이다.

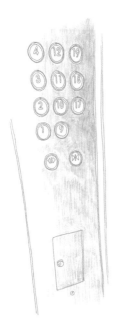

이제 시작인건가. 내년, 또 내후년에 온유가 학교에 가면, 온유가 점점 더 자주 듣게 될 소리일 수도 있다. 일일이 다 부딪치면서 살 수는 없지만 내가 듣고서도 그냥 넘어가지는 않을 거다. 하루 종일 너무 속상하고 다섯 살 주연이가 밉고, 딸의 말을 듣고서도 타이르지 않았던 주연이 아빠도 이해가 안 되었다.

'엘리베이터에서 만나기만 해봐라.'

그래 달라고 아니, 그래야 한다고

선생님, 말씀드릴까 말까 고민하다가 적어보아요. 지난 주 금요일 저녁에 온유와 온유 아빠가 엘리베이터를 타고 집에 올라오는데 주연이(온유보다 1살 어린)와 주연이 아빠가 한 엘리베이터를 탔다고 해요. 아파트 같은 동에 살고 있어서 오며가며 보는 사이였는데 그날 주연이가 온유를 가리키며 "쟤, 말썸피워서 쫓겨났어!"라고 말했다고 하더라구요. 온유 아빠는 주연이를 잘 몰라서 집에 와서는 제게 같은 어린이집 다니는 아이가 있는지 물어보고 이런 이야기를 했다고 알려주었어요. 너무 속상하고 화가 났어요. 제가 거기 있었다면 그런 거 아니라고 말해 주었을 텐데 온유 아빠는 경황이 없어 그냥 내렸다며

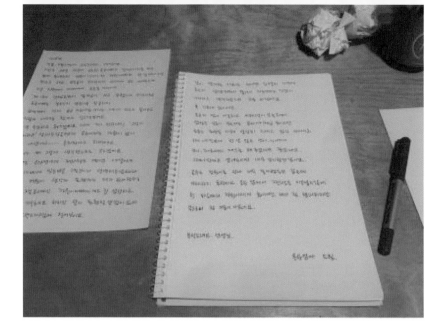

후회된다고 하더라구요.

주연이가 왜 그렇게 생각했는지 모르겠어요. 제가 아는 A선생님과 B선생님은 여러 번 아이들에게 온유가 자기 나이에 맞는 반에 가는 것이라고 설명해 주셨으리라 생각되어요. 주연이 생각과 표현까지 제가 뭐라 할 수는 없겠지만 그걸 듣고 있었던 주연이 아빠에게도 참 섭섭하고 속상한 마음이 가득해요. 하지만 달리 표현할 방법이 없어 선생님들께 부탁드리고 싶어 적어보아요. 같이 몇 개월 지냈던 5세 반 친구들의 기억에 온유가 말썽피워서 쫓겨나 다른 반으로 간 것이 아니라고 생각되었으면 하는 바램에요. 혹 기회가 있으시면, 온유가 말이 어눌하고 이해력이 부족하며 말썽을 많이 일으키는 문제아이처럼 보이지만 온유는 최선을 다해 열심히 지내고 있는 아이이고, 5세 아이들보다 한 살 많은 언니, 누나이니 언니, 누나로 대우를 해줬으면 좋겠다고. 그래야 한다고 알려주시면 너무 감사할 것 같아요.

온유는 주연이를 만나 너무 좋아했을 것 같은데, 이해하지 못한다고 온유 앞에서 그런 말을 아무렇지 않게 한 다섯 살짜리 주연이에 게 화가 나는 저도 부모로서 참 마음이 아프네요. 부탁드려요. 선생님. 온유 엄마 드림.

이번 한 주는 꽉 채워서 마음이 아프고 힘들다. 한 주 사이에 두 통의 편지를 썼다. 지난 월요일에는 같은 반 아이에게 맞고 온 아들의 담임선생님에게, 오늘은 말로 맞고 온 딸의 담임선생님에게.

내 안에 있는 감각발달교구들

온유와 '모닝 놀이'를 하며 휴일을 보냈다. 같은 신체부위를 자꾸 다쳐 감각놀이를 더 해줘야겠다 싶어 틈만 나면 교구들을 뭘 살까 뒤지고 있었는데 내가 이미 갖고 있고, 알고 있는 것들을 잊고 있었다는 걸 알았다.

신체에 바르는 물감 칠은 아주 좋은 감각놀이다. 고체물감을 물에 녹여 붓에 묻히는 것도, 붓을 잡고 내 몸을 인식하며 칠하는 것도, 붓 재질에 따라 달라지는 다양한 감촉을 느끼는 것도, 물감 칠한 신체를 도화지에 찍어보는 것도 다 내가 갖고 있는 교구들이고 지식이었는데 잊고 있었다. 바보처럼 돈 쓸 생각만 했다.

남이어서 할 수 있는 말

온유가 다니는 센터는 집에서 제법 거리가 된다. 아이와 왕래하기에 버스로는 너무 힘들어 주로 택시를 타고 이동한다. 일주일에 두세 번 왕복 택시를 타다보면 많은 기사들을 만난다. 말 안 걸어주시는 것이 제일 감사한데 주로 연령층이 있으신 분들이 운전을 하니 온유를 보고 이것저것 묻는다. 호기심으로 묻는 것 같다. 그냥 둘러댈까 싶다가도 있는 그대로 말하면 거의 대부분은 괜찮다고, 시간 지나면 다 좋아진다고 말한다. '내 아이도 그랬고, 주변에 있는 누구도 그랬고, 손주도 그랬다' 기타 등등.

"아, 그러세요. 그렇구나. 그렇죠."라며 대강 대답하다가 내리지만 불편하다. 교회에서도, 주변 어른들도 마찬가지다. 그러나 본인 아이였다면, 본인의 손주, 손녀였다면 '그러다 괜찮아진다. 그러다가 말 잘 할 거다. 걱정하지 말아라. 요즘 너무 엄마들이 조급해서 그렇다.'라고 말할 수 있을까. 그들의 말처럼 정말 괜찮아지는 아이들도 있다. 그런데 유사 경험도 없는 이들의 그런 의례적이고 안 하니만 못한 말들은, 그것이 위로고 격려의 취지였다고 해도 한두 번 듣다보면 화가 나고 속상해진다. 양가감정에서 갈등하며 주어진 상황에 최선을 다해 노력하고 있는 상황에서는 참 가혹하고 잔인한 훈수다.

미술 수업을 진행하다가 똘망똘망하고 이해도 빠른 여섯 살 아이들을 만나면, 말도 유창하고 표현도 다양한 그 아이들이 예쁘면서 마냥 부러울 때가 많다. 같은 여섯 살의 온유의 인지와 언어가 비교되기 시작하면 그때부터는 속상해지기 시작한다. 그냥 평범했다면 얼마나 많은 대화를 나눌 수 있었을까. 손녀 사랑 지극한 친정아버지는 전화하실 때마다 얼마나 행복해하시며 통화했을까. 손녀가 이런 말을 했다며 친구 분들에게 얼마나 자랑하셨을까.

그냥 그 나이 때 해서 예쁜 것들이 있지 않은가. 돌 때 아장아장 걷고, 두세 살에 말 따라하면서 상황에 맞지 않은 말을 해서 어른들 웃게 하는. 온유에게는 그런 추억이 없다. 돌 사진도 걷게 되면 찍을까 싶어 미루고 미루다가 못 찍고 집에서 찍으려고 날 잡아두면 컨디션 안 좋아서 미루고, 그냥 집에서 찍은 스냅 샷이 제일 예쁘다며 스스로를 다독였다. 그런 상황 상황을 받아들이면서도 속상할 때가 순간순간 찾아왔다.

영향 안 받으면 그만이지만 너무 많이 듣는 말에 나도 모르게 신경

택시 타기가 두렵다

버스로는 너무 힘들어 주로 택시를 타고 이동하는데 일주일에 두세 번 왕복 택시를 타다보면 많은 기사들을 만난다. 말 안 걸어주시는 것이 제일 감사한데 주로 연령층이 있으신 분들이 운전을 하니 온유를 보고 이것저것 묻는다. 대강 대답하다가 내리지만 불편하다. 교회에서도, 주변 어른들도 마찬가지다.

이 쓰이고 화가 나고, 속이 상하고 울적해진다. 아이를 보고 '내 애다. 내 손녀다. 내 손자다'라고 생각하면서 말을 걸면 얼마나 좋을까. 아니면 어떤 생각을 하든 그냥 입 밖으로 표시하지 말았으면…. 왜 택시 기사들은 열 명이면 아홉, 우리 모녀에게 상처를 주는지 모르겠다.

이미 스스로 상처받고 작은 것에 부서지는 마음. 모르는 사람에게까지 그런 말을 들을 이유가 없는데…. 낙타가 머리카락 한 올에도 쓰러질 수가 있는데…. 말 한마디가 천 냥 빚을 갚는 법인데…. 센터에 올 때 그런 기사를 만나면 돌아갈 때는 제발 올 때와 다른 분을 만나길 기도하는 심정이 된다.

학교는 어디를 가야 할까

요즘 온유의 초등학교 입학에 대해 많은 고민을 한다. 그 동안은 입학 때까지는 많이 자라주겠지 싶어 막연하게 첫째랑 같은 학교에 보내면 된다고 생각했다. 걱정했던 것보다 온유의 발달이 일 년 반 동안 많이 자라줬지만 그래도 1학년 수업을 따라갈 수 있을까 고민이 된다.

온유는 1월생 여섯 살인데 1에서 10도 빼먹고 세고, 숫자나 글씨 쓰기는 아예 관심도 없으며 이름 석 자도 쓰기 어려워한다. 세모, 네모, 동그라미 그리기도 어렵고 세 가지 색 구분도 명확하지 않다. 이제 조금씩 문장으로 말을 하는데 주로 사용하는 문장이 '아빠 오세요' '어린이집 안 가' 등의 생존문장들이다. 동화책의 내용을 이해하거나 타인의 아픔에 공감하는 정도는 어렵다. 보통의 아이들과 비교해 보면 서

너 살 정도의 인지라고 해야 할까?

어제는 과천에 있는 대안학교 오리엔테이션을 가려고 했었다. 페이스북으로 학교생활이 어떤지 틈틈이 보고 있던 터라 너무 맘에 들어 첫째도 보내고 싶어 했던 곳이다. 첫째는 본인이 싫다고 하고 온유는 일반 공교육보다는 이런 학교가 좋을 것 같아 신청도 해두었는데, 고령의 시어머니가 갑자기 대상포진으로 입원하셔서 아쉽게도 취소했다.

이 학교는 집에서의 거리가 고속도로를 타고 최소 30분 이상이나 걸려서, 이사할 예정이 아니면 좀 더 가까운 대안학교를 알아봐야 한다. 아니면 일반 학교에 도움반이 있으니 그냥 보내야 하는데 여전히 확신이 서지 않는다. 더 지켜보고 결정해야 할까 보다.

어렸을 때부터 알고 지낸 언어치료사 동생의 부부를 최근에 만나 온유 상태를 체크 받았는데, 일 년 동안 좋아질 확신이 든다면 1년 학교를 유예시키는 방법도 괜찮다고 조언했다. 자기 아이라면 그렇게 할 것 같다고.

그 동안의 내 경험에 비추어볼 때 일 년 유예는 그다지 내키지 않는 선택이다. 그런데 정작 조언으로 듣고 보니 혼란스러워졌다. 무엇을 선택하든 장단점이 존재한다. 어느 방법이 옳은 것일까. 무엇이 최선인지 부모가 결정해주고 부모가 감당해야 하기에 참 어렵다. 하루하루 시간은 지나가고 온유는 금방 일곱 살이 될 텐데. 다섯 단어가 발화가 되지 않아 일주일 내내 연습하고 있는 아이인데, 어떻게 해 주는 것이 최선일까.

언제나 미안한 첫째

집안에 아프거나 손이 많이 가는 자식이 있으면 다른 자식은 방치되기 십상이다. 우리 집은 발달지연에 뇌전증이 있는 온유로 인해 언제나 온유 중심으로 가족이 움직였다. 온유가 아프면 안고 응급실로 뛰어야 했고, 첫째인 진유는 언제나 이모에게 맡겨졌다. 여섯 살 때부터 그렇게 해와서 이제는 일이 생기면 자기가 알아서 이모네로 간다. 또 집 아닌 다른 곳에서 지내거나 자는 것을 불편해 하거나 낯설어 하지도 않는다. 지금에 와서 생각해보면 자기가 살 길을 스스로 터득한 것 같기도 해서 짠하다.

온유의 건강을 이유로 오랜 시간 가족여행을 가지 못하다 보니 진유는 열흘간 떠나는 이모네 제주도 여행에 따라 다녀오기도 하고, 학원 픽업이며 거의 모든 것들을 이모와 조카 스케줄에 맞춰 지냈다. 그런데 온유가 조금 크고 안정을 찾아가면서 첫째가 조금씩 눈에 들어왔다.

어렸을 때부터 잘 성장해준 진유는 체구가 또래에 비해 작은 것 말고는 크게 신경쓸 일이 없었다. 하지만 온유를 임신했을 때 먼 직장 일로 피로한 데다가 입덧까지 심했던 나는 진유에게 책을 많이 읽어주지 못했다. 한글을 떼지 못한 채 학교에 입학했고, 학교에 들어가서도 적극적으로 어머니 모임에 참석하고 활동하는 이모와 달리 나는 아무것도 지원해 주지 못했다.

최근 들어 첫째의 행동이 너무 부산스럽다는 것을 인지했다. 행동에 크고 잦은 실수가 반복되고 비교적 쉬운 언어표현도 아예 이해하지 못하거나 잘못 사용하는 경우가 많아서 또래와의 소통에도 어려움을 보이고 있을 정도였다.

'내가 자유롭게 키워서일까?'
'시간이 지나면 조금씩 실수가 줄어들겠지?'
'알고도 모른 척 둔 것의 부작용일까?'

그래도 틈틈이 책도 읽어주고 다양한 흥미를 갖도록 노력해 줬다고 생각했는데…. 어벤져스와 드럼, 가벼운 관악기를 다루는 것 외에 통 흥미 있어 하는 것이 없었던 진유는, 내가 온유를 데리고 센터에 가거나 수업을 가면 숙제와 복습으로 문제집을 조금 풀고 핸드폰으로 좋

아하는 영화 검색과 스폰지밥 티브이 만화에 거의 빠져 있었나 보다. 최근 며칠 반복적으로 실수를 하고 위험한 일이 잦았다. 이대로 두었다가는 건강상에도 위험할 것 같은 생각이 들어 핸드폰과 티브이 시청을 일체 금지했다. 통화만 가능하게 락을 걸고 나머지 자유시간에는 차분하게 책을 읽게 했다. 처음에는 책을 많이 보면 언제쯤 핸드폰을 할 수 있는지 물어보던 진유가 오늘 뜬금없이 설거지하는 내게 다가와 이런 말을 했다.

"엄마, 처음엔 책 많이 읽으면 엄마가 핸드폰 빨리 사용하게 해 줄 것 같아서 읽었는데 이제 책 읽는 것이 재밌어서 읽게 되. 나 위인

전도 벌써 세 권이나 읽고 13층 집도 여기까지 읽었어."

"그래? 진유가 스스로 그런 것을 깨달았다니 너무 기쁘다. 그래 어
떤 위인 책이 제일 기억에 남니?"

"음……, 솔거!"

"솔거? 외국인이니?"

"아니! 우리나라 사람이야!"

솔거는 우리나라 화가였다. 솔거가 우리나라 위인이라는 것을 난 오
늘 처음 알았다. 외국사람인 줄로 알아왔다. 국산수채물감 이름 중 솔
거가 있는데 당연히 외국화가인 줄로 착각했다.

영화 〈원더〉에 아픈 동생을 둔 누나의 입장을 조명한 장면이 있다. 동생을 중심으로 우주가 돌아간다는 누나의 내레이션을 들으며 마음이 아팠었다. '아들도 그렇겠구나. 아들이 날 보면서 동생에게만 쩔쩔매는 엄마의 모습으로 날 봐 왔을 수도 있겠구나.' 줄리아 로버츠의 모습이 딱 나 같았다. 꿈이 있지만 잠시 미뤄두고 아이를 위해 사는 모습. 딸과 오랜만의 소중한 시간을 보내다가도 둘째가 아프다는 전화 한통을 받고 뛰쳐나가는 그런 엄마의 모습.

진유에게 언제나 미안했는데 미안하다는 말을 제대로 전하지 못했다. 혼자 잘 자라줘서 고맙다고 마음을 전해야 하는데 매일 뭐가 그리도 부족해 보이는지 혼내기만 했다.

"우리 진유 다 키웠네!" 대견해 하며 말하면 무척 서운해 하면서 "아냐! 아직 더 키워야 해!"라며 자신에 대한 사랑을 언제나 갈구했던 아이인데 온유를 핑계로 너무 외면한 것 같다. 내일은 따뜻하게 안아주면서 고맙다고, 사랑한다고 말해줘야지.

그 어려운 걸 해낸 온유_두 문장 이어말하기

66개월 온유는 신체인식이 엄청 발달했다. 율동을 따라 하기도 좋아하고 엄마의 모습을 관찰해 모방하는 모습도 많아졌다. 그러다가 방심한 사이 잘 지워지지도 않는 아이라인 펜슬로 짱구 눈썹을 한가득 그려놓기도 한다. 그 모습을 보고 한참을 웃었다. 이렇게 생각 못한 순간에 빵 터지는 웃음을 선물하는 것도 우리 아이들의 장점 중 하나이지….

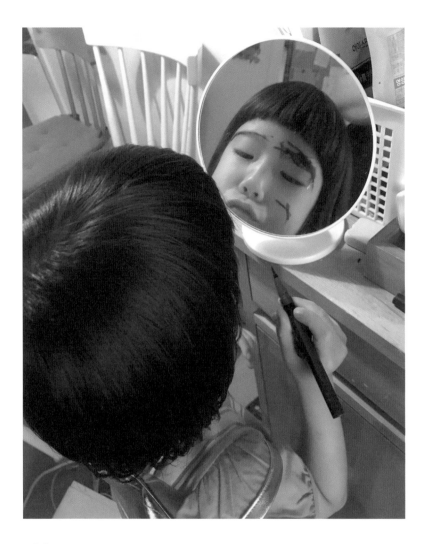

성장2

　　평균에서 차이가 난다는 이유로 부당한 일에 희생 되거나 이웃들로부터 거부
당하지 않도록 도와주고 싶다. 내일 또 방방 뛰는 온유를 쫓아다니며 가슴 쓸어내릴
순간들이 몇 번 일어나겠지만 건강히 뛸 수 있는 두 다리와 폐와 심장이 있음에 감사
하기로 했다.

요즘 어린이집을 꼬박꼬박 보냈더니 계속 되는 물놀이로 피곤했던 온유가 반 친구들을 많이 아프게 했다. 아닌 것은 아니라고 온유 눈높이로 부드럽게 가르쳐 주시지만 단호하신 선생님의 모습이 온유는 서운했나 보다. 어린이집에서 하원하자마자 "어린이집 안 가!"를 외치기 시작해 하루 온종일 "어린이집 안 가!", "어린이집 싫어!", "안 해!"를 외쳤다. 쉬운 표현으로 이야기도 해주고 달래기도 하고 여러 방법을 써봤지만 몇날 며칠을 시달린 나도 화가 났다. 그런 와중에 신기하고 감사했던 것이 있다. '싫다'는 표현을 사용하게 된 것은 어린이집 선생님과 센터선생님, 내가 동시에 느끼는 온유의 큰 발전이기도 해서다.

아직도 여전히 전력질주해 뛰어다니고 순간순간 불안하게 하지만 서점에서 오빠와 앉아 책을 읽을 수도 있고, 완독은 못하더라도 동화책을 천천히 읽어주는 동안 책장을 넘길 줄도 안다. 외국어처럼 못 알아듣는 긴 혼잣말을 장난감 수화기를 들고 종알종알 말하기도 하고, 역할놀이를 하며 헤어디자이너가 되어 내 머리를 한 움큼 뽑아놓기도 한다. 바리스타가 되어 커피를 내려 준다든지 간단한 소꿉장난도 가능해졌다.

주일 예배 때 찬양이 나오면 강대상에 올라가서는 서둘러 쫓아온 나를 가볍게 무시한 채 락 페스티벌에 온 사람마냥 방방 뛰며 춤을 추기 바쁘고, 두세 곡은 신나게 춰줘야 간신히 집에 갈 수 있다. 집에서는 서라운드로 노래가 나오지도 않고 방방 뛰어다니지도 못하니 그러는 걸까, 묶음 머리가 다 풀어질 때까지 뛰고 또 뛴다. 그 가운데 온유에게서 요즘 가장 주목할 만한 발달은 두 문장을 이어서 표현한다는 것. 친정집에 놀러간 날 샤워를 시키고 있을 때였다.

"할머니도 샤워하고, 이온유도 샤워한다."

그 말을 들은 나는 순간 너무 놀라서 내 귀를 의심했다. 내가 놀라서 아이를 바라보자 온유가 다시 똑같은 말을 한다.

"할머니도 샤워하고, 이온유도 샤워한다!"

'고'와 '도'를 사용할 수 있게 되었다는 것. '한다'라는 어려운 어미변화 동사를 사용할 수 있다는 것. 다 놀라웠다.

외할머니 집에 놀러와 자유함을 만끽하기라도 한 듯 옷을 홀라당 다 벗고 뛰어다니며 이 여름 건강히 잘 자라고 있다. 조금, 아주 조금 침착해지고 예전보다 조금 자세히 생각을 표현할 수 있게 되었다. 그게 어디인가. 애어른같이 어려운 표현도 사용하는 또래 아이들에 비하면 보잘 것 없지만, '엄마'라고 한 번만 들어봤으면 하는 엄마에게는 너무 부러운 존재가 온유이다. 늘 해피 해피하기만 해서 속상하기도 하지만 그만큼 그 행복을 나눠주는 아이인 것을.

잠들기 힘들어 해서 정작 잠자는 시간보다 잠들려고 준비하며 뒤척이고 과하게 흥분하는 시간이 더 긴 온유다. 그러다보니 한번 잠들면 푹 자주는 것이 또 얼마나 감사한지 모른다. 아토피로 고생하는 아이 엄마들이나 아이의 병 간호로 매일 밤낮 아이들 상태에 따라 선잠을 자야 하는 엄마들을 생각하면, 난 하루 일곱 시간은 푹 잘 수 있으니 이 또한 감사한 일이다. 내 아이를 있는 그대로 인정해 주고 자기만의 속도에 맞춰 자라줌에 감사하다. 비교하지 않고 남에게 비교당하

지 않게 살 수 있도록 도와주어야 할 것 같다.

　오늘 티브이에서, 28개월 된 아이의 발달이 느리고 단체생활이 어렵다고 어린이집에서 퇴출당한 아이의 엄마가 속상해 하며 인터뷰하는 프로를 봤다. 아이 엄마의 모습에서 예전의 내 모습을 발견했다. 어린이집 교사가 아이 발달에 대해 객관적인 발달 정보는 알려줄 수 있지만 평균에서 차이가 난다는 이유만으로 다른 곳을 알아보라고 먼저 제안하는 일, 그런 부당한 일에 희생 되거나 이웃들로부터 거부당하지 않도록, 온유가 더 배려하는 세상에 살도록 도와주고 싶다. 방송에서 아이들의 발달지연에 대한 내용을 보여준 덕분에 나와 같은 부모 입장에서는 큰 공감으로 다가왔다.

　내일 또 방방 뛰는 온유를 쫓아 다니며 가슴 쓸어내릴 순간들이 몇 번 일어나겠지만 건강히 뛸 수 있는 두 다리와 폐와 심장이 있음에 감사하기로 했다.

온유와 함께하는 일상

1. AM. 9:30

　　평소에는 어린이집에 안 간다고 지지고 볶고 한바탕 울고 실랑이를 한 후에 갈 텐데 오늘은 현장학습이 있어 아침밥도 안 먹고 어린이집에 간다고 난리다. 노란색 어린이집 차를 타고 어딘가로 떠나는 시간이 너무 행복한 아이다. 오래 타고 싶어 멀리 가냐고 재차 묻는다. 평소 어린이집 문 앞에서 최소 5~10분은 갈등했는데 오늘은 내게 빨리 집에 돌아가라며 바로 들어간다.

2. PM. 2:30

　　온유의 하원 시간이 되면 오늘은 평안한 하루였기를 기도하는 마음으로 간다. 온유가 누구를 물었다거나 때렸다거나 꼬집어서 아프게 하지 않았기를 바라면서. 그런 날은 드물긴 하지만 쌍둥이 언니를 물고 옆 반 동생을 꼬집었다는 등의 얘기를 종종 듣는다. 횟수가 점점 줄어들어 희망적이라는 선생님의 말씀에 죄송하면서도 위로를 받으며 집으로 온다.

3. PM. 3:30

　　하원하고 집에 오면 현장학습으로 힘들었을 온유를 낮잠 재워야 하는 시간. 이미 몸은 피곤해 눈은 가물가물한데 안 자고, 블럭하며 놀겠다고 자기주장을 분명하게 한다. 하지만 지금 자지 않으면 이따 센터에 갈 때 차 안에서 잘 것이 분명하다. 나는 필사적으로 재우려

하고 온유는 안 잔다고 잠투정. 네 시쯤 잠에 들면 성공이다. 한 시간
은 잘 수 있으니.

4. P.M. 5:40

　　감각통합 짝 수업 시간. 센터에서 사회성수업으로 받고 있는
짝 수업 파트너는 온유과 같은 나이이나 생일이 늦은 남자친구이다.
체구가 많이 작아 외모만으로는 서너 살 정도로 보인다. 그 아이의 동
생은 이제 두 돌이 안 된 여자아이인데 발달이 평균보다 빠르다. 듣는
대로 말을 다 따라하고 발음과 이해력, 신체발육도 다 좋다. 아기를 보
고 있자면 너무 예뻐서 세상 걱정 근심이 사라지는 평온한 세상을 잠
시 맛보게 된다. 잠깐 보는 내내 내 눈에서도 꿀이 뚝뚝 떨어지는데 부
모는 얼마나 예쁠까 싶다. 그러면서 내 안에 이해할 수 없는 감정들이
북받쳐 올라오는 것을 느낀다. 아이가 예쁘고 귀여운데 너무 부럽다
가, 속상하고 원망하고 힘들어진다. 남인 내가 잠시 보아도 이런데 두
아이와 매일을 함께하는 부모 속은 얼마나 복잡할까 싶다.

5. P.M. 6:40

　　센터에서 집으로 가는 길. 택시기사님이, 영어 같기도 하고
중국어 같기도 한 언어로 아빠와 통화하는 온유를 힐끗 보신다. 그 눈
빛, 왜 보는지 안다. 외계어처럼 거의 알아들을 수 없는 말을 하는 아
이가 어떻게 생겼는지 궁금해서 말없이 뒤돌아 살짝 본다. 물으면 뭐
라고 대답할까, 내 머릿속에서는 이미 대답할 1,2,3을 준비하고 있다.
다행히 기사님은 아무 말이 없다. 얼마 뒤 여전히 못 알아들을 온유 말

*사진 위 시계판의 숫자는 온유의 필체 그대로를 옮겨놓았다._편집자 주

사소한 듯 평범한 일상

　　　　　온유와 함께하는 하루는 사소한 듯 평범해 보이지만 나도
모르게 매일을 가시덤불 속에 들어갔다가 나온 기분이다. 온 몸이 가시에 긁히듯 마
음에 작게 긁힌 자국들이 생긴다. 내성이 생길 만도 하지만 뜻대로 잘 안 된다.

에 가뭄에 콩나듯 알아들을 수 있는 단어를 파악한 기사님이 살짝 웃음을 지으신다. 그와 동시에 경계와 방어로 잔뜩 움츠려 있던 내 마음도 사르륵 녹아내린다.

　　온유와 함께하는 날의 하루는 사소한 듯 평범한 일상 같은데, 나도 모르게 매일을 가시덤불 속에 들어갔다가 나온 기분이다. 온 몸이 가시에 긁히듯 마음에 작게 긁힌 자국들이 생긴다. 내성이 생길 만도 하지만 뜻대로 안 된다. 온유를 잘 모르는 낯선 사람들 앞에선 잔뜩 경계하고 방어태세를 갖추게 된다. 언제든 어느 순간이든 날 보호한다. 나도 모르게 덜 상처받기 위해 체득한 내 모습인 것 같다. 갑자기 오늘 하루를 돌아보며 그런 생각이 들었다.

'온유이기에 저는 괜찮습니다'

　　온유는 일반 어린이집에서 6,7세가 함께 수업하는 반에서 지내고 있다. 발달이 느려 한 살 아랫반에서 생활해 보기도 하였는데 1월생인 데다가 동생들이라는 것을 본능적으로 아는지 동생들을 온유가 많이 아프게 하고 트러블이 많아 원래 나이 반으로 올라와 생활을 하고 있다. 온유는 함께 생활한 일곱 명의 아이들을 돌아가면서 참 많이도 아프게 했다. 그래서 지난 1월 온유 생일파티 때 작은 선물과 함께 편지를 부모님들에게 돌린 적이 있다. 이후로도 크고 작은 사건들은 있었으나 그나마 좀 잠잠했는데….

지난주 금요일이었다. 온유 담임선생님이 온유가 최근 일주일동안 쌍둥이 언니를 많이 아프게 했다며 아이들 어머니에게 연락을 하는 게 좋겠다는 제안을 했다. 자국이 날 정도는 아니었지만 온유가 일주일 내내 꼬집고 물어서 마음이 편하지 않던 차, 연락처를 건네 받은 후 문자를 썼다 지웠다를 무수히 반복했다. 그리고 어렵게 문자를 보냈다. 통화를 하지 않은 이유는 내가 그 어머니 입장이라면 목소리 듣는 것이 크게 유쾌하지 않을 것 같았기 때문이다.

다혜, 다은이 어머니 안녕하세요.
○○○○ 어린이집 고마워반 이온유 엄마 장누리라고 합니다. 선생님께 연락처를 받고 전화를 드릴까 하다가 혹시라도 전화 받으시는 것이 불편하실까 싶어 문자드립니다.
온유가 평소에도 많이 그러지만 최근 들어 다혜, 다은이를 많이 아프게 했다는 말을 들었습니다. 오늘도 팔을 물었다고 하시더라구요. 온유가 손도 맵고 또 아이들 피부도 약한데 물리면서 얼마나 아팠을까…, 아이들에게는 너무 미안하고 어머님께는 죄송한 마음입니다.
가끔 만나는 예쁜 두 따님은 너무 착하고 밝은 아이들인데 겪지 않아도 될 일들을 겪어 즐겁기만 해도 될 어린이집 생활에 아픈 기억까지 남게 되어 너무 미안한 마음입니다. 이제 조금 자라서 안 그러겠거니 했는데 최근 들어 이런 일이 또 발생하고 있다고 하여 마음은 무겁고 고민이 가득하네요.
미안한 마음은 가득한데 다른 방법이 떠오르지 않아 시간 될 때 아이들과 미술수업해 주는 것밖에는 사죄드릴 방법이 없어 염치 불구하고 이렇게 글을 남깁니다. 온유의 그런 행동들이 없어질 수 있게 더 많이 신경쓰도록 하겠습니다. 다혜, 다은이에게도 너무 미안하다고 전해주세요.

이런 아이지만 또래와 어울려 지내며 함께 살아가는 방법을 조금이라도 배우라고 어린이집에 열심히 보내는데 제 이기적인 생각 때문에 몸과 마음이 다치는 아이들이 생기니 너무 미안한 마음입니다.

함께하는 시간동안 많은 일들이 있었을 텐데 연락 한 번 안 주시고 그냥 지나가주신 많은 것들 너무 감사드립니다. 이런 일이 없도록 노력하겠습니다. 다시 한 번 사죄드립니다.

무거운 마음으로 문자를 하고 기다렸는데 얼마 지나지 않아 장문의 답장이 왔다.

네, 선생님께서 좀 전에 톡으로 말씀을 하시더군요. 아이들이 서로 놀고 섞이다 보면 이런저런 작고 큰 사고들은 생기게 마련이지요. 그런 것을 알기에 크게 뭐라 말씀드리는 일은 없었습니다.

또한 지난 번 온유 생일날 장문의 편지를 써서 답례품과 함께 아이들 편에 보내셨을 때 편지를 읽고 온유에 대해 자세히 알게 되었고 온유 어머니의 마음이 어떠하신지 어느 정도 가늠할 수 있었습니다.

물론 자꾸 꼬집혀 오는 것은 부모로서 마음이 안 쓰일 수야 없지만 온유이기에 저는 괜찮습니다. 약자는 이해시키고 대화로 하고, 강자는 네가 때려서라도 이겨라. 엄마가 책임질게. 늘 다혜, 다은이에게도 말해요. 이상하게 들리실지 모르겠지만 그것이 저의 교육철학 중 하나

눈물이 핑 돌았다

온유이기에 괜찮단다. 온유같이 또래와의 갈등으로 힘든 부모가 있다면 갈등이 깊어지기 전에 편지로, 아니면 문자로라도 마음을 전하길, 내 상황과 진심을 전해보길 권하고 싶다. 아이 키우는 부모이기에 그 진심을 무시하거나 모른 척하기는 쉽지 않을 것 같다. 천천히 자라는 아이를 키우는 엄마들, 함께 힘내시길. 토닥토닥.

이기도 하고요.

어제 그제도 다혜가 말하더군요. 온유가 팔을 꼬집었다고. 그러면서
바로 정정하더군요. 아니아니 꼬집은 게 아니라 살짝 긁은 거라며….
다혜, 다은이도 온유가 그런 것을 알아서 그런지 감싸더라고요.
시간이 걸릴지라도 온유가 점점 어울려 지내며 옳고 그른 것을 깨우
칠 때가 올 거에요. 다혜, 다은이 오면 미안하단 인사 전해 줄게요. 너
무 마음 쓰시지 마시고 다혜, 다은이 보면 많이 예뻐해 주세요.

눈물이 핑 돌았다. '온유이기에 괜찮'단다. 온유이기에 괜찮단다. 온
유같이 또래와의 갈등으로 힘든 부모가 있다면 갈등이 깊어지기 전에
편지로, 아니면 문자로라도 마음을 전하길, 내 상황과 진심을 전해보
길 권하고 싶다.
　마지막으로 천천히 자라나는 아이를 키우는 우리 어머님들. 힘내시
길. 토닥토닥.

남이 아닌 남매

　　타인에게 온유는 선택이다. 잘 못알아듣고 말도 어눌하며 상
당히 귀찮다. 싫으면 언제든 안 놀면 되는 존재다. 진유에게 온유는 필
수다. 뗄 수가 없다. 그래서 내가 알려주는 방법을 잊지 않고 곧장 적
용한다.
　　온유의 미숙한 행동을 대하고 '타인'처럼 귀찮아 하거나 밀쳐내지

앉고 같이 놀고 싶어 하는 온유 마음을 읽어주는 진유의 모습을 본다. 남매. 남이 아닌 남매. 요즘 '같이하자'는 말을 많이 하는 온유에게 진유만한 존재가 없다.

돌발 상황이 많아진 온유

벌써 가을이다. 온유는 내가 미국에 다녀온 열흘 동안 못 보다가 봐서 그런지 그 사이 많이 성장한 것 같다. 가을이어서인지, 속이

허해서 잘 먹은 것인지, 언니가 혼자서 온유 보기 힘들까봐 친정엄마가 서울에 올라오셨는데, 외할머니가 해주신 음식이 맛있어서였는지도 모르겠다. 아무튼 살도 조금 찌고 똥도 어마무시하게 쌌단다.

하고 싶은 말이 많아지고 궁금한 것을 어떻게 표현하는지 알려주면 발음은 아직 많이 어눌해도 곧잘 따라한다. 그렇게 소통에 어려움이 확 줄어들고 할 수 있는 것이 많아지면서 자신감이 급상승했다. 자기 효능감이 넘치면서 무엇이든지 자기가 하려고 하는 시기가 도래한 듯하다. 아니나 다를까 온유의 담임선생님에게 전해 들으니 내가 미국에 가 있는 동안 온유가 돌발행동을 했었다. 이모와 선생님이 내가 놀랄까봐 비밀로 하려고 했는데 그 다음 주 또 같은 일이 일어나 하원할 때 담임선생님이 나를 붙잡고 그 동안의 일을 이야기해준 것이다.

아파트 단지와 단지 내 어린이집을 이제 다 파악한 온유가 어린이집 앞 놀이터에서 바깥놀이를 하다가 혼자 집으로 갔다고 한다. 선생님이 혼비백산하여 온유네 반 아이들과 함께 온유를 찾았고 집으로 갔을 거라고는 생각을 못해 다른 곳을 계속 찾았다고 한다. 언니는 외출했다가 집에 온지 얼마 안 되어 잠시 쉬는 중이었는데, 올 사람이 없는데 자꾸 '띵똥띵똥' 벨 소리가 나더란다. 벨소리만 계속 울리고 사람 소리가 없어서 잘못 눌렀나보다 했는데 잠시 후에 다시 띵똥띵똥 벨이 울려서 언니가 문 쪽으로 가서 물었다.

"누구세요?"
"온유에요!"

언니가 깜짝 놀라 문을 열었더니 온유가 서서 언니를 올려다보며 연신 "가방 없어!"를 말하더란다. 이날 언니는 미국에 있는 내게 어린이집 선생님의 연락처를 물으러 전화를 했었다. 나는 그냥 대비 차 묻는 줄 알았다. 만약 그 시간에 언니가 집에 없었으면 어땠을까.

담임선생님은, 사건이 있고 다음 주에도 비슷한 상황이 벌어져서 계속 주의시켜야 할 것 같아 전하는 거라고 했다. 그날 밤에야 알았다. 아침에도 내가 씻고 있을 때 3층 아래에 사는 이모네 집으로 혼자 내려갔다는 걸. 저녁이 되어 정황을 들을 때까지 전혀 몰랐다. 그저 언니네 집에 와 계시는 온유 외할머니가 올라와서 온유를 데리고 내려간 줄 알았다. 현관문을 열고 혼자 엘리베이터를 타고 내려간 거다.

너무 놀라서 나는 그날로 미아방지 팔찌를 샀다. 그리고 선생님에게 온유 팔에 찰 스프링밴드도 전달했다. 얼마나 사용할지 모르겠으나 그래도 없는 것보다는 나을 수 있으니…. 그리고 혹시 몰라 온유 팔에 팔찌도 채워주면서 "엄마 잃어버리면 이거 보여주면서 '전화해 주세요!'라고 말해!"라고 교육도 여러 번 시켰다.

주일이었던 어제, 자신감 넘치는 딸래미는 교회 강대상 위에 올라가 성구암송을 해서 상으로 양말을 받아왔다. 올라오라고 할 때 우루루 같이 올라가 우물우물 입만 벙긋하다가 받아왔을 것같다. 올라온 아이들 모두 줬겠지만 이걸 좋게 봐야 할지 안 좋게 봐야 할지 잘 모르겠다. 남편은 마냥 대견하고 용기가 가상하고 깡따구 있다며 너무 좋아했다. 나는 뭔지도 모르고 신나서 올라간 딸래미를 마냥 즐겁

고민

　　자신감 넘치는 딸래미는 교회 강대상 위에 올라가 성구암송을 해서 상으로 양
말을 받아왔다. 올라오라고 할 때 우루루 같이 올라가 우물우물 입만 벙긋하다가 받
아왔을 것 같다. 남편은 마냥 대견하고 용기가 가상하고 깡따구 있다고 너무 좋아했
다. 나는 뭔지도 모르고 신나서 올라간 딸래미를 마냥 즐겁게 보기가 힘들었다.

게 보기가 힘들었다.

감통을 일주일에 두 번이나 해서 그런지 넓은 구름사다리도 안 빠지고 잘 건너가고 사진에 찍히는 모습은 사뭇 차분해 보인다.(그 동안 온유 사진은 움직이면서 찍히는 사진들이 많았다.) 쇼핑몰에서 차례를 지켜 줄을 서서 기다렸다가 오빠와 같이 사진도 찍을 수 있게 되었다. 결과적으로는 모두 대견할 일이고 온유 아빠 말대로 신나는 일이다.

그래도 여전히 다치지 않아 다행이라며 가슴 쓸어내리는 건, 아파트 안에서 차가 다니는 길들을 온유 혼자 건너다닌 일을 생각할 때마다 십년감수했다는 생각이 들어서다. 이모도 선생님도 이온유도 여행간 우리도.

내가 너무 끼고 키우는 것일까. 좀 더 가능성을 두고 할 수 있도록 시켜야 하는 것일까. 안전일까, 과보호일까. 고민이다.

통합교육의 가능성

어제 진유 공개수업을 갔다가 너무 감격해 울 뻔했다. 진유네 반에는 후천적 경련으로 인지와 신체장애가 있는 아이가 있다. 음악 수업시간. 에니메이션에서 음악의 중요성과 아이들이 아는 에니메이션에 대해 이야기하는 시간이었다. 다른 아이들이 '짱구, 스폰지밥, 안녕자두야' 등등을 말할 때 그 아이는 '뽀로로'를 말했다. 그런데 아무도 비웃는 아이가 없었다. 조별로 교실 앞에 나가 에니메이션 주제가 맞추기 퀴즈를 낼 때에도 조원들이 같이 부축해 나가주고 그 아이가 혼자 힘으로 붙잡고 서 있을 수 있도록 칠판 가까이 세워주었다. 또 각

자 한 가지씩 힌트를 줄 때도 그 아이가 할 수 있는 방법으로 귓속말을 해주는 조원들의 모습은 아무도 소외되지 않고 모든 수업을 함께하는 아름다운 한 곡의 연주를 듣는 것 같았다.

진유가 다니는 학교는 일반 국립초등학교다. 교장선생님은 장애인식교육이나 통합교육에 적극적이지도 않고 도리어 그렇게 필요하냐며 내 건의에 관심도 없던 분이다. 4년간 내가 지켜보기에 이 모든 것은 선생님들의 개별 영향이다. 아이들과 함께 잘 지낼 수 있도록 다양한 방법으로 노력해주신 담임선생님들 덕분에 아이들이 그렇게 지낼 수 있었을 것이다. 장애를 지녔든 아니든, 엄마에게 잘 보이고 싶어 이때만 그런 것이든 아니든, 타인을 놀리거나 배제하거나 차별하지 않고 각자 할 수 있는 방법으로 모든 수업과 발표에 참여한 아이들과 선생님이다.

요즘 온유를 일반학교에 보낼 것을 생각하면 마음이 복잡했는데 4년 동안 진유 친구의 학교생활을 죽 지켜보면서 미국이나 유럽이 아닌 이 나라에서 이런 수업이 가능하다는 것이 믿겨지지 않아 희망을 갖기로 했다. 아이도 눈에 띌 정도로 좋아지는 게 보이고. 모든 아이들이 그래주길 바라는 건 이기적인 생각인지 모르나 온유를 이 학교에 진유와 같이 보내는 것이 맞을까, 대안학교를 알아봐야하나 홈스쿨을 해야 하나 하루하루가 고민의 연속이었는데, 공교육이 무너진 이 나라에서 통합교육의 가능성을 어제 보았다.

찬이가 가르쳐준 것

어젯밤 늦게 배송된 책을 펼쳐보며 아침부터 울다 웃다 했다. 위로도 받고 힘도 얻는다.

"얘가 정말 네 동생이야?"
"목이 왜 저래?"
"걷지를 못해?"
"몇 살인데?"
"학교에 안 다녀?"
"왜? 왜 안 다니는데?"

이웃과 주변인의 질문으로 시작된 책은 나의 상황과도 비슷하다. 특히 온유에게 쏟아지는 질문들을 많이 생각나게 한다.

찬이 스케줄에 맞춰 지내며 찬이가 이렇게 아프지 않고 있어준 것만
이라도 고맙고 괜찮다는 찬이 엄마. 진짜 행복이 무엇이고 천천히 감
사하며 살아가는 것을 알게 해준 찬이에게 고맙고 그래서 눈물도 많
아졌다고 한다. 찬이를 돌보기 위해 힘도 세져야 했던 그녀다. 단촐하
고 소박하기 이를 데 없는 옷차림과 뒤로 맨 가방 그림을 보며, '나'를

없애고 찬이 엄마로만 살아가기에도 벅찬 삶과 마음이 고스란히 전해
져 왔다.

온유와 찬이의 장애 차이를 떠나 찬이 엄마의 삶과 내 삶에 비슷한
점이 많아 아침부터 심히 공감되고 위로받을 수 있어 좋았다.

당당함

첫째 진유를 낳고 지냈던 조리원의 동기가 우리 동네 근처로 이사를 왔는데 한참이 지난 오늘에서야 만남이 성사되었다. 이야기를 나누다가 온유 이야기가 나왔고, 고민을 나누다가 동기의 아이들이 다니는 학교 이야기를 듣게 되었다.

초등학교 1학년인 둘째의 반에 발달장애 친구가 한 명 있는데, 그 부모나 선생님, 같은 반 학부모들 중 아무도 그 아이에 대해 불평하지 않으면서 지낸다는 얘기였다. 그런 분위기가 가능한 건 담임선생님의 역할이 크지 않았을까 싶다.

궁금해서 담임선생님에 대해 좀 더 물어보았다. 발도르프교육에 관심이 많아서 오랫동안 연구도 하고 교육을 받아오신 분이셨다는 얘기를 들었다. 딱딱하고 통제적인 교육보다 자연친화적인 수업을 지향하는 분이시라고 한다. 발도르프교육에는 아이들이 자기만의 발달단계에 맞춰 발달한다는 교육이념이 담겨있다. 비장애인과 발달장애인들이 함께 살아가는 캠프힐의 기본은 발도르프이념이 반영된 것이다. 이런 교육이 선생님에게 발달아이들을 이해하고 반 아이들을 교육하는데 영향 주었을 것이라고 본다. 교과서에 『팥죽할머니』 내용이 나오면 팥죽을 가져와 아이들에게 먹여주고, 핫케이크를 궁금해 하면 핫케이크를 구워서 같이 먹는 체험을 한다고 한다. 이런 선생님의 교육방법이, 발달아이가 반 아이들과 섞여 지내기에 무난하며 자유스러웠을 것 같다.

그러한 분위기 속에서라면 학부모들의 생각도 유연해졌을 것이다.

내 아이가 다니는 학교가 결정한 방침(통합교육)에 따라야 한다는 생각을 갖고 있고, 그 엄마가 아이의 자폐특성으로 나타나는 행동으로 인해 아이들이나 학부모에게 죄인처럼 사과하고 다니는 것에 부정적이라고 하니…. 너무 부러우면서 딴 세상 이야기 같았다.

요즘 많은 생각이 든다. 온유의 어린이집 선생님을 향한 감사한 마음도 보통 엄마들 정도만 있으면 되는 것이 아닐까 싶고, 다른 엄마들에게도 지나치게 저자세로 대하는 내 모습이 잘못된 것 같기도 하다. 또 다른 이들에게 '그 엄마는 그랬는데' 하는 잘못된 기준과 인식을 심어주는 것 같기도 하고, 많은 생각을 하게 된다.

좀 더 당당하게 살아야지. 내가 잘못한 것도 내 아이가 잘못한 것도 없는데…. 단지 느릴 뿐이고, 또 다른 아이들 역시 어느 영역에서는 조금씩 느릴 수 있으니까. 다른 아이들은 살아가는데 티가 안 나는 것일 뿐이니….

낯선 것일 뿐

지난 화요일 진유 친구들이 우리 집에 놀러왔다. 생일 선물로 닌텐도를 사주었더니 같이 게임도 하고 너프건 놀이도 하려고 모였나 보다. 아이들이 노는 중간에 온유를 어린이집에서 하원시켜 왔는데 오빠들을 보고 반가웠던 온유가 달려가 이런저런 말을 신나게 한다. 그 말을 들은 한 아이가 이렇게 말한다.

"뭔 소리야? 못 알아 듣겠잖아!"

자기만의 성장 속도

　　　　　발도르프교육에는 아이들이 자기만의 발달단계에
맞춰 발달한다는 교육이념이 담겨있다. 비장애인과 발달장애인들이 함께 살
아가는 캠프힐의 기본은 발도르프이념이 반영된 것이다.

아이들은 못 들었는지 그냥 다시 잘 논다. 나만 못 넘기고 상처가 되었다. 나중에 남편에게 그 상황을 이야기하니, 남편은 내 예상을 빗나가지 않고 진유에게 그 친구랑 놀지 말라며 극단적으로 말한다. 아빠가 속상해서 그러는 것이니 '다음에는 그 친구에게 잘 말해주라고, 네 역할이 중요하다고' 진유에게 이해시키려 했으나 마음은 무거웠다.

　　며칠이 지나 발달장애 아들을 키우고 있는 친구를 만나 대화를 하다가 그때 이야기를 전하며 나도 모르게 "내가 말해줄 수가 없었어."라는 고백을 했다. 진유에게 시키는 것이 옳았을까. 내가 그 자리에서 그 아이에게 말해줘도 될 일이었는데 왜 말하지 못했을까. 왜 열한 살짜리 아이에게 온유에 대해 알려주지 못했을까. 무엇 때문일까 생각에 잠겼다.

　곰곰이 생각해보니 난 아직 준비가 안 되어 있었다. 성인에게 이야기할 태세가 갖춰져 있는데, 아이들이 이해할 수 있는 언어로 온유를 설명할 준비는 전혀 되어 있지 않았던 것 같다. 온유의 친구들에게 온유를 이해시키는 것은 담임선생님들의 몫이었다. 진유의 친구들 말고 낯선 반 친구들을 온유와 만나게 한 적이 없으니, 처음 접한 상황에서 어떻게 해야 하는지 생각해본 적이 없었다. 내후년이면 진유와 같이 학교에 다닐 수도 있는 온유에 대해 이제부터라도 더 많이 알려주고 설명해주고 이해시켜 줘야겠다.

　나 역시 나와 많이 다른 모습의 사람들을 처음 대하면 낯설고 당혹스러워 어떻게 대해야 하는지 모르는 것처럼. 다른 나라 사람을 만났을 때 언어가 달라 순간 얼음이 되는 것처럼. 우리는 서로를 모를 뿐이

생각해보니 난 아직 준비가 안 되어 있었다

성인에게 이야기할 준비는 언제나 되어 있는데, 아이들이 이해할 수 있는 언어로 온유를 설명할 준비는 전혀 되어 있지 않았던 것 같다. 나 역시 나와 많이 다른 모습의 사람들을 처음 대하면 낯설고 당혹스러워 어떻게 대해야하는지 모르는 것처럼.

다. 알아가면 되고 이해하면 되지 않을까. 상처로 받지 않고 자세히 설명해주고 이해를 구할 일이다. 모두를 위해.

결단

온유는 어제 어린이집에서 작은 행사에 참여했다. 한 달 정도 틈틈히 연습한 노래와 율동을 보여주고, 영어와 음악, 체육 등 외부 선생님이 진행하는 특별수업을 부모참여수업으로 공개했다.

율동은 어느 정도 잘 따라 하였지만 긴 노래 가사를 이해하거나 외우는 것이 어려운 온유는 거의 '우우아아' 같은 소리를 크게 내면서 노래를 불렀다. 조그맣게 부르면 묻힐 텐데 온유는 아주 크게 목청껏 불렀다. 살짝살짝 고개를 흔드는 율동도 45도씩 힘차게 꺾어가면서.

내 아이만 볼 때는 그냥 예쁜 모습들이 다른 또래들과 어울려 함께할 때는 많이 도드라져 보여 신경이 쓰인다. 다른 부모의 눈에 띄고, 쟤가 누구인지 입에 오르내리게 되고, 왜 그런지 말이 돌게 되고…. 듣지 않았지만 다 상상할 수 있는 일들이다.

최근 모 방송에서 신선한 이야기를 들었다. 예전 우리나라 사회는 이웃이 가깝게 어울려 지내다보니 각 가정의 사정이나 숟가락 갯수까지 알고 있는 것을 서로의 친밀감을 형성하는 데 큰 장점이라 여겼다. 하지만 현대 사회를 사는 우리는 하루에 만나는 그 수많은 사람들에 대해 잘 모른다. 관계성이 없으면서 너무 직접적으로 사생활을 궁금해 하는 것은 현대인의 삶과 어울리지 않는다는 내용이었다. 예전과 같은 언어로 물으면 안 된다고. 그런데 우리나라 사람들은 여전히 그 옛날 언어를 사용해 참 많이 궁금해 한다. 또 나와 상관없는 그 일을 많이도 전달한다. 안타까운 마음이나 애처로운 마음으로 전달하면서도 그 이면에는 우월감이나 다행스런 마음이 많이도 깔려있지 않을까. 이런 행사를 할 때 자기 아이만 보면 좋으련만 전체의 완성도를 흐리는 온유를 어떤 시선으로 바라봐줄지 걱정하는 건 내 오지랖일까….

체육활동은 표현 언어와는 크게 상관이 없기도 하고 온유가 가장 좋아하는 수업이어서 잘 따라해 주었다. 구름사다리 건너기, 독특한 신발을 신고 아빠발 위에 발 얹기, 나무집게로 폭신한 연탄을 집어서 상자에 담기 등등.

가장 어려울 것이라고 예상한 영어수업시간에는 같이 율동을 조금 따라한 것 말고는 온유가 어울릴 수 있었던 것은 거의 없다. 모든 활동을 함께하기는 했으나 의미있는 모습을 보여주지는 못했다. '해파리'가 그려진 카드를 뽑아서 엄마아빠에게 몸 동작으로 힌트를 주어 맞추는 게임이 있었다. 온유는 아무것도 이해할 수 없었고, 우리 부부는 선생님의 도움을 받아 그냥 "jellyfish…!"라고 대답을 해야 했다.

여기까지만 하고 집에 가버릴 걸…. 그럼 이런 모습을 보고 나도 속상하지 않고, 다른 사람들 반응에 신경도 안 쓰고, 선생님도 덜 당황했을 텐데…. 앉아 있으면서 이런 저런 생각과 감정이 오갔다. 온유 입에 굴이 있어서 영어노래를 안 부르는 것일 거라 생각하고 싶었다. 현실적으로 온유는 'stop', 'ABC'가 반복되는 구간 정도만 가능할 뿐 영어노래를 부르기에도 역부족이었다. 집에서 연습을 많이 시킬걸 그랬다는 생각도 했다. 나와 백 번, 천 번 부르고 연습했다면 그래도 입모양이라도 조금 비슷하게 벌리지 않았을까. 내가 좀 더 적극적으로 준비시켰어야 하지 않았을까 싶었다가 그 역시 보통 아이들에게 끼워 맞추고 싶어 하는 내 욕심인 것 같아 내려놓았다.

남편과 집에 오면서 이런저런 이야기를 나눴다. "저 정도면 학교생활은 할 수 있지만 꼴찌를 하겠다"는 남편의 말은 지극히 현실적이었다. 등수를 매기지 않는 초등교육이지만 작은 쪽지시험과 단원평가로도 1등과 꼴찌를 스스로 정하는 것이 아이들 사이에 당연한 정서다. 그런 것보다 사람의 됨됨이를 중요시 여기는 담임선생님을 만나면 더 바랄 것이 없겠다.

계속 고민이다

남에게 의지할 것인가, 내가 변화할 것인가. 일반 학교를 보내야할 것인가. 검정고시를 치를 정도로 인지가 자라나지 않는다면 그냥 일반학교에서 출석일수를 채워 고등학교까지는 다녀야 하는 것일까. 이 학교 교육이 온유에게 가장 최적인 것일까. 시골에 있는 학교로 전학을 갈까? 친정이 있는 홍천으로 갈까? 도시에서 온유를 키우는 것은 불행할 것 같은 생각이 계속 든다. 지쳐가는 나도 그렇고…. 결단을 해야지.

온유 친구 엄마의 고민

온유가 다니는 어린이집에는 온유와 동갑이 두 명 있다. 한 명은 여자친구, 또 한 명은 남자친구다. 남자친구는 집이 가깝고 엄마가 워킹맘이라 계속 이 어린이집에 재원한다. 여자친구의 엄마는 아직까지 고민을 하고 있는 것 같다. 학교 들어가기 전 또래 여자친구를 늘려주고 싶은데, 온유만으로는 부족하다고 느끼기 때문이다.

지금까지는 계속 그러려니 했는데 오늘 그 엄마가 다른 어린이집으로 옮길 것이라는 이야기를 다른 반 엄마를 통해 들었다. 기분이 이상했다. 왜 나와 더 친한데 내게는 말을 안 했을까. 지난 주에도 만났는데, 내가 묻지 않아서 말 안 했을까? 하지만 이해도 갔다.

'내가 그 친구 엄마였어도 그랬겠지.... 우리 애가 발달이 빠르거나 보통인데 하나밖에 없는 동성 친구가 발달이 느리다면 그냥 익숙한 곳이라는 이유로 그래도 있었을까.... 또래의 발달이 유사한 친구들이 많은데 굳이 어린이집을 옮겼을까....'

그런 입장을 헤아리지 못하고 난 당연히 내년에도 온유와 동갑내기 친구가 같이 가려니 생각하고 있었다. 조금 속상하면서 조금 이해가 되고 또 조금 미안해지는 날이다.

거짓말하면 떡 돌리기

온유를 데리고 블럭방에 갔다가 블럭방 선생님에게 재미있는 이야기를 들었다. 사촌인 언어치료사 선생님에게 떡을 주려고 하니 떡을 엄청 싫어하더란다. 내용인 즉 그 언어치료 선생님이 일하는 센터에서는 아이가 거짓말을 하면 떡을 돌리는 약속이 있다고. 순간적으로 '벌금처럼 내는 것인가?'라고 짐작했는데 그런 것이 아니었다. 아이가 거짓말을 할 수 있을 정도로 인지가 자라서 부모가 내는 떡이라고 한다. 그 떡을 너무 많이 먹어서 떡만 봐도 싫다는 얘기였다.

그 선생님은 진담 반 농담 반으로 싫다고 했겠지만, 떡을 내는 부모의 마음은 얼마나 좋았을까. 그것을 잘잘못의 개념이 아닌 축하의 의미로 바꿀 수 있는 센터장님의 마음이 느껴져서 마음이 따뜻해졌다. 보이는 문제를 근시안적으로 바라보지 않도록 부모의 생각을 전환시켜준 데 그 떡의 의미가 있을 것 같다. 모든 거짓말이 칭찬받거나 축하받을 일은 아니나(그에 따른 개입이 필요하지만) 일단은 인지적, 사회적으로 축하받을 정도로 성장한 것에 초점을 두자는 의미다.

블럭방에서 아주 잠깐 동안 블록놀이를 하고 비즈를 붙이던 온유가 화장실에 가서는 일도 안 본다. 답답한 공간이 싫었던 것 같다. 예전 슈퍼비전을 받을 때 슈퍼바이저의 피드백이 떠오른다. 그림검사에서 문제점만을 찾아 나열하는 내게 문제점만을 찾기보다는 긍정적인 점을 발견해 알려주는 것이 중요하다는 것이었다. 이미 갖고 있는 장점을 발견해주는 것, 문제점에 집중하기보다 장점을 강화시켜 주는 것, 그것이 문제점을 지적해주는 것보다 훨씬 더 효과가 있기때문이다.

온유를 당시의 내 시각으로 보면 문제점 투성이다. 갖고 있는 모든 것이 다 문제다. 다 고칠 것이고 다 못하고 다 부족하고 다 느리고…. 문제점만 보느라 온유의 장점이 잘 보이지 않는다. 잘 보려고 장점을 꼽으라고 해야 간신히 하나, 둘 보인다.

대부분의 사람에게 다 있는 것 같은 거짓말이나 눈치도, 인지와 사회성이 결여된 사람에게는 부족하다. 온유도 표현언어가 어느 정도 가능해진 이후 무엇을 물어보면 자기 유리할 대로 거짓말을 해서 가끔 혼냈는데…. 특히 뇌전증 약을 먹었냐고 물어보면 먹었다고 할 때, (애한테 이렇게 중요한 사항을 물어보는 어른이 더 잘못된 건데) 성장한 것을 실감한다.

오늘 블럭방에, 점심 외식에, 커피에 오랜 시간 밖에 있느라 힘들었을 온유 생각보다 가만히 있어주지 않아 위험하게 다니고 바닥에 드러눕는 딸을 보며 울화통이 치밀었는데, 돌아보니 인지 서너살 정도의 애가 얼마나 지겹고 답답했을까 싶다. 느리다고 비교하지 말고, 짜증내지 말고 대견한 마음으로 바라봐줘야지.

책 정리를 하다가 진유 어릴 때 읽었던 책을 다시 꺼내들었다. 내가 생각보다 온유를 위한 정서적인 배려는 그닥 해주지 않았다는 걸 깨달았다. 온유의 발달에 맞춰 도움도 주고 내 화도 정리해야할 것 같다.

사고 전환

　　　　　문제를 근시안적으로 바라보지 않도록 생각의 전환이 필요
한 때다. 그림검사 때도 문제점만을 찾아 나열하기보다 긍적적인 점을 발
견해서 알려주는 것이 중요하다. 이미 갖고 있는 장점을 발견해 주는 것.
문제점에 집중하기보다 장점을 강화시켜 주는 것. 그것이 문제점을 지적
해주는 것보다 훨씬 더 효과가 있다.

'너무 신기하지 않나요?'

요즘 주장이 강해진 온유는 자기 의견에 반대되면 '미워!'를
연신 외치며 때리는 시늉을 한다. 이런 온유를 이야기하다가 선생님
으로부터 들은 얘기다.

"너무 신기하지 않나요?"

온유만의 속도로 자라나는 것을 당연하게 포용해 주고 이해해 주며
신기하고 대견하게 바라봐 주는 너무 좋은 온유의 어린이집 선생님.
많은 선생님들이 이런 마음으로 대해 준다면 발달이 느린 아이 엄마
들의 마음에 날개가 달릴 텐데 말이다.

수료식

온유는 어제 수료식을 했다. 머리 묶는 것을 싫어하는 온유의 바가지머리 스타일 때문에 매일 간편복만 입혀 보내다가 오랜만에 치마를 입혀 보냈다.

수료식에서 온유는 〈하하호호 웃음상〉을 받았다. 역시 온유선생님이다. 온유에게 너무 딱 맞는 상이어서 살포시 웃음이 지어졌다. 나는 운영위원회 엄마들과 졸업하는 아이들에게 줄 미니사탕꽃다발을 만들어 참석했는데, 일 년 동안 미술수업 해주어서 감사하다고 깜〈짝감사상〉을 받았다. 조촐하게 온유의 수료를 축하하며 피자와 콜라로 파티도 했다.

이제 진짜 일 년을 마친 것 같다. 진유도 온유도. 아들은 이제 키가 클 때인지 아침부터 눈 뜨자마자 밥 달라고 하며 하루에 다섯 끼니를 잘도 먹는다. 진유도 온유도 각자의 때가 되어 다 잘 자라주니 감사하다. 그렇게 일주일 쉬고 나면 새 학기가 시작된다. 진유는 5학년, 온유는 일곱 살. 새로운 선생님, 친구들, 엄마들과의 관계들이 기대되고 설렌다.

축하해 딸!

아들도 축하하고 1년 동안 수고했어!

“ 온유의 검사 결과를 들었다. 예상은 했지만 심한 결과다.
집에 오는 길에 남편은,
뇌전증으로 발달이 지연된 딸을 둔 회사의 전 동료와
오랜 시간 통화를 했다.
눈시울이 붉어진 남편은 충격이 심한 것 같았다.
남편이 이 결과를 받아들이기까지는 시간이 걸릴 듯했다.
…
온유는 진단명을 받지 않은 어제와 다름없이
오늘을 똑같이 살아가고 있다.
조금씩 성장하며.

온유야, 네 뒤에 엄마가 있을게.
우리 천천히 가자. ”

4
부

세상
가장
행복한
아이

악한 사람

　　온유가 다니는 어린이집에서 새로 맡은 반 첫 미술수업을 했다. 핸디코트를 사용했는데 플라스틱 수저로 물감과 섞느라 아이들 손에 많이 묻었다. 온유의 옆자리에 앉은 주연이는 같은 아파트 같은 동에 사는 우리 이웃이기도 하다. 엘리베이터에서 마주친 온유를 가리키며 말썽을 피워서 교실에서 쫓겨난 아이라고 자기 아빠에게 소개했던 아이이다. 최근에 다시 엘리베이터에서 주연이 가족을 만났는데 그때의 앙금이 남아 계속 무시하고 인사를 안 했었다. 아이가 무슨 잘못인가 싶어 이후 살갑게 인사를 한 번 나눈 뒤로는 온유에게 언니라고 호칭하며 고분고분 대해줘서 마음을 조금 누그리고 지냈다.

　　오늘도 다른 아이들과 똑같은 마음으로 대하며 수업을 한창 진행하고 있을 때였다. 주연이 손에 핸디코트가 계속 묻는데, 묻는 것이 싫으면 바로 교실 옆 세면대에 가서 씻고 올 수도 있고, 물티슈도 닦을 수고 있을 텐데 굳이 옆자리 온유의 책상에 반복해 문지르고 있었다. 방법을 생각 못할 아이가 아니라서 그 행동이 매우 의도적으로 보였다.

　　수업이 바빠 그냥 지나쳤는데 다른 아이들 작업을 한 번씩 다 돌아보고 다시 주연이 자리로 와보니 여전히 온유 책상에 손을 문지르고 있었다.

"주연아, 손에 묻는 게 싫으면 물로 씻자!"

아이는 그제서 엉덩이를 떼고 일어나 손을 씻으러 갔다.

약한 사람에게 악하게 대하는
사람의 마음은
어디로부터 온 것일까.

주연이가 계속 그렇게 행동하는 데는 온유는 책상이 더러워져도 괜찮고 상관없는 일로 의식되어서였을 것이다. 부주의하고, 말도 잘 못하고, 선생님에게 부당함을 말하거나 화도 못내는 언니라서 괜찮다고 생각했을 것 같다. 감정 상한 학부모의 오버일까. 거의 무의식에 가까운 아이의 그 행동은 어떻게 만들어진 것이고 누구에 의해 형성된 것일까, 속에서 분노가 올라왔다. 화가 난다. 약한 사람에게 악하게 대하는 사람의 마음은 어디로부터 온 것일까.

남편의 글

며칠 전, 남편이 페이스북에 올린 글을 보았다.

> 혼자서 "케첩 주세요!"라고 말을 하고, 그것을 받아오기 위해서 일주일에 네 번의 수업과 끊임없는 노력이 든다는 것.
> 일반적으로 말하고, 걸어 다니고, 대화가 되면 아이를 모시고 사세요.

혼자서, "케찹 주세요" 라고 말하고, 그것을 받아 오기 위해서, 일
주일에 4번의 수업과 끊임없는 노력이 든다는 것... 일반적으로
말하고 걸어다니고 대화가 되면 아이를 모시고 사세요~^^

온유는 올해부터 센터수업을 한 차례 더 늘려 일주일에 네 번의 수
업을 듣는다. 언어치료 두 번, 개인 감각통합수업 한 번, 짝 감각통합
수업 한 번이다. 센터가 가까운 곳이 아닌 데다가 주차가 불편해서 갈
때는 택시, 올 때는 퇴근길의 남편이 데리러 온다. 토요일이나 일요일
에는 남편이 년 회비를 내고 다니는 수영장에 온유를 데리고 가서 한
시간을 놀리고 맥도날드에 데리고 가서 주문을 해 햄버거 세트를 먹
는다. 센터에 가지 않는 수요일에는 어린이집에서 가는 숲 체험이 있
고, 목요일에는 내가 진행하는 미술수업이 있다. 일주일 스케줄이 빡
빡하다 보니 일이 있어 센터 수업을 취소하고 공간이 생기는 날에는
뭔가 불안할 정도로 허전하다.

정신없이 보내는 만큼 재정 부담도 는다. 어린이집, 미술수업, 센터 수업, 교구와 책, 장난감 구입, 옷 구입 등등. 음식도 중요하다고 생각해 유기농, 자연방목 등 건강한 것들로만 먹이느라 한 달 지출이 꽤 나간다. 그렇게 지출을 할 때마다 고민이 된다. 이게 옳은 일일까. 내 아이 하나만을 위해 이렇게 많은 돈을 들이는 것이 맞는 것일까. 더 하는 사람들도 있다지만, 빈곤한 나라의 아픈 아이들에게 2,3만원은 영양가 있는 분유를 먹을 수 있고 학교에 갈 수 있고 의료 지원을 받을 수 있는 돈인데…. 우리가 조금 더 일반 아이들의 평균을 쫓기 위해 이 많은 돈을 매달 들이는 것이 맞는지 카드를 긁을 때마다 매번 고민하게 된다.

혼자서, '케첩 주세요.'라고 말하고, 그것을 받아 오기 위해서, 일주일에 네 번의 수업과 끊임없는 노력이 든다는 것. '일상에 불편이 없이 말하고, 걸어 다니고, 대화가 되면 아이를 모시고 사세요.'라고 적은 남편의 노력이 보통 아빠들의 노력에 비해 얼마나 큰 지를 안다. 자기 시간이 하나도 없이 집과 회사, 다시 집의 반복되는 삶을 사는 것을 잘 안다. 센터 수업을 못하게 된다고 해도 당장 큰일이 일어나는 것 아니고 끊임없이 더 많이 한다고 해도 당장 눈에 띄게 좋아지는 것도 아니다. 끝도 없이 반복되는 삶 속에서 내 만족감과 무능감, 죄책감을 덜어 보고자 이렇게 계속 돈을 들이는 것은 아닌지….

부모가 시간적, 물질적 여력이 안 되는 아이들은, 어디서 어떻게 보조를 받아야 하고 어떤 병원에서 어떤 검사를 받아야 하는지조차 모른다. 어떤 지원을 해줘야 하는지조차 모르는 부모의 장애 아이들은 더더욱 취약한 환경에서 살아가야 할 것이다. 부익부 빈익빈을 더 실감해야하는 장애아이를 둔 부모들의 마음은 어떨까. 그렇다고 아무 것도 안 하고 자연의 흐름에 맞게 때에 맞춰 크도록 보통 아이들 만큼의 지원을 하는 것이 맞는 것인지도 모르겠다. 내 의지로 하는 것인지, 타인의 시선때문에 하는 것인지 정말 아이를 위해 하는 것인지.

남편이 입버릇처럼 하는 말이 있다. '돈으로 할 수 있는 것이 가장 쉽다'. 온유를 돈으로 달라지게 할 수 있지 않을까 해서 아등바등 사는 것 같다. 이번 주말에는 멀리 봄을 느끼러 다녀와야겠다. 맛난 것도 먹고 충전도 하고. 독감 걸려서 힘들었던 진유도 좋은 공기 마시게 하고, 나도 남편도 머리를 비울 시간이 필요하다.

아이들에게 돈으로 할 수 없는 것들을 주는 삶을 살고 싶다.

온유의 초등학교 책상

이웃의 추천을 많이 받아서 몇 달 며칠 검색을 해서 찾은 책상이 도착했다. 온유가 학교에서 착석만 잘 하면 어느 정도 학교생활이 적응하지 않을까 싶어서 학교책상과 가장 비슷한 책상의자 세트를 찾다가 진유의 공개수업 때 가서 책상에 붙어 있던 스티커의 업체 연락처를 찍어왔었다. 업체가 운영하는 사이트는 없었고 연락처만 가지고 찾고 찾아 구입한 책걸상 세트다. 온유가 다닐 학교의 책상과 서랍 빼고는 구조가 거의 비슷하고 높이 조절이 가능하고 색상도 괜찮아서 드디어 구입을 결정, 이틀만에 집에 도착했다.

책상이 좋은 온유는 설치를 해주자마자 앉아서 나름 이것저것을 꺼

내놓고 학습을 한다. 매일 아침이면 핀터레스트(Pinterest)에서 뽑아준 프린트들을 책상에 앉아서 거울을 보며 나름 열심히 작업한다.

해외의 학교들을 보면 카펫이나 매트에 옹기종기 앉아 수업하는 모습들을 많이 본다. 테이블도 있지만 바닥에 착석하기도 하고 테이블 모양이나 배치도 다양하다. 부럽고 아쉽지만, 우리나라의 공교육 학교들은 책상의자를 벗어나는 게 아직은 어려우니 그 구조에 한번 적응해 보기로 했다.

지금 온유에게는 할아버지가 진유의 입학선물로 사주신 고가의 물 건너 온 책상보다 이 책상이 가장 좋은 것 같다.

지지받는 환경

    온유가 어린이집 하원을 하고 센터에 가기 전까지 약간의 시간이 남는 날이다. 매주 하원 후에는 집에 들렀다가 센터에 갔는데 온유를 위해 오늘부터 좀 더 활기차지기로 다짐하고 버스를 이용해 홈플러스에 가서 토끼를 보기로 했다. 오늘은 시간이 많지 않으니 토끼만 보기로 약속하고 엘리베이터를 타고 3층에서 내렸다. 오른쪽은 전자제품, 왼쪽은 옷이 있다는 등 종알종알 이야기하며 갔다. 토끼도 보고 새도 보고 물고기도 보고 잠깐이었지만 즐거운 시간을 보낸 후, 장난감코너를 잘 지나쳐 택시를 타기 위해 1층으로 내려갔다.

    센터에 가려고 택시를 탔는데 기사 아저씨가 "애가 몇 살인데 말을 못해요?"라고 묻는다. 순간 당황했다. 이런 직설적인 질문은 나도, 온유도 처음이다. "일곱 살인데 아직 말이 그래요. 수업도 받고 있고, 내년에 학교도 가야 하는데 저도 걱정이에요." 더 이상 묻지 말라는 투로 적당히 대답했다. 나와 택시기사 아저씨의 대화가 오간 후, 온유는 센터까지 가는 택시 안에서 10여 분 간 말문을 닫아버렸다. 이 명랑한 아이가 말을 안 하는 상황은 잘 때와 아플 때 두 가지 경우밖에 없다.

    감각통합 수업하러 온 센터에서 온유는 택시 안에서의 적막을 잊고 고래고래 소리를 지르며 종알종알 신나게 수업을 하고 있다. 멀찌감치 들리는 온유의 목소리가 너무 좋다. 발음이 부정확해도 우리가 아는 그 발음이 아니어도, 온유가 언어 이외의 감각들로 소통하는 데에는 어려움이 없다. 택시기사 아저씨도 그런 손자를 두어 걱정스런 마음에 물어보신 건데 투박하고 거친 말투에 온유는 자신을 혼내는 줄

무례함에 대처하는 마음의 자세

　　　　　　　　온유는 발음이 부정확해도 우리가 아는 그 발음이 아니어도, 언어 이외의 감각들로 소통하기에 어려움이 없다. 괜찮다. 온유가 '왜 말을 잘 못 하냐' 는 다그침 속에서 산다면 아예 입술을 움직이지도 않고 말하는 방법을 배울 생각조차 하지 않았을 것이니…. 택시기사 아저씨도 손자에게 그런 표현 쓰지 않았으면 좋겠다.

알고 말문을 닫았던 것 같다.

    괜찮다. 온유가 주로 있는 환경은 엄청 지지받는 환경들이니. '왜 말을 잘 못 하냐'는 다그침 속에서 산다면 아예 입술을 움직이지도 않고 말하는 방법을 배울 생각조차 하지 않을 것이니. 택시 아저씨께는 감사하다. 온유 인지가 많이 자랐다는 것을 알게 해 주셔서. 다시 온유는 종알종알 말을 한다. 비록 못 알아듣는 발음의 단어 몇 개로 하는 말이지만 잘 한다. 말을 못하는 것은 아니다. 택시기사 아저씨도 손자에게 그런 표현 쓰지 않았으면 좋겠다.

시선

    어제 아침에 진유와 온유가 비슷한 옷을 입은 기념으로 진유가 등교하기 전에 사진을 한 장 찍었다. 진유가 배가 아프지 않아 평온한 아침이었다. 온유는 어린이집에 가기 전에 이모네 가서 티브이로 유튜브 찬양을 틀어 영상에 나오는 목사님과 같이 찬양을 했다. 최근 몇 달 동안 온유가 좋아하는 〈시선〉이라는 찬양이다.

    온유가 찬양을 한다. 가사는 거의 알아들을 수 없으나 중심을 보시는 주님은 온유의 마음을 보시니 흡족하여 감동하실 것 같다.

내게로부터 눈을 들어
주를 보기 시작할 때

주의 일을 보겠네

내 작은 마음 돌이키사

하늘의 꿈 꾸게 하네

주님을 볼 때

모든 시선을 주님께 드리고

살아계신 하나님을 느낄 때

내 삶은 주의 역사가 되고

하나님이 일하기 시작하네

...

온유를 통해 세상을 바라보게 하신 하나님의 일을 기대한다.

예쁜 핀

온유는 머리 묶는 것을 힘들어한다. 감통선생님 말씀으로는 감각이 예민해서 묶이는 느낌이 보통 아이들처럼 사라지지 않았기때문이라고 한다. 온유의 '몽실이머리'가 예쁘긴 하지만 정말 못난이같아 보일 때가 있다. 그래서 그나마 당기는 느낌을 줄이고 꾸밀 수 있는 핀을 샀다.

온유가 커가면서 아이의 옷과 외모에 더 신경이 쓰인다. 내가 함께 있을 때는 다듬어주니 괜찮다. 하지만 온유 혼자 있을 때가 더 걱정이다. 아이들은 그나마 순수해 편견이 많지 않지만, 어른들의 시각에서 외모가 정리되지 못한 아이들, 특히 온유같이 말이 어눌하고 인지가 천천히 자라는 아이들은 무시받기 일쑤다. 그런 생각이 나도 모르게 점점 더 든다. 타인의 생각을 바꾸는 것은 힘든 일이니 쉬운 방법을 찾게 된다. 이런 것 없이도 그냥 사람이라는 이유만으로 내 아이, 남의 집 아이, 모든 아이가 존중받으면 좋겠다.

편견과 개선

다음 주에 온유는 서울대병원에 발달검사 예약이 되어있다. 요즘은 워낙 찾으려고 마음만 먹으면 어떤 검사를 하는지 알 수 있어서 프린트해 조금 숙지를 시킬까 생각하다가도 특수교육대상자 지원을 받기 위해서는 인지가 낮게 나와야 좋은 것인지 몰라 그 사이에서 혼란스러워 손을 놓고 있었다. 언어선생님은 언어검사로 언어장애진단정도를 받을 수 있을 것 같다고 했다. 그 진단명과 뇌전증, 2년 정도 인지가 더디 자란다는 결과로 특교자 지원을 받는 것이 좋은 것인지, 아니면 특교자 지원을 받지 않는 것이 좋은 것인지 모르겠고, 무엇이 온유를 위한 것일까 고민했다.

아이들은 편견이 적다. 발달이 느린 친구를 불편해 하는 것은 모르기 때문이고 아무도 정확하고 자세하게 알려주지 않기 때문이다. 그런데 어른은 다르다. 편견이 참 많다. 도움반이 한 반 더 늘어난 것에 대해서 아무리 학교에서 공문을 보내고 통합교육이 잘 이루어질 수 있도록 아이들에게 이해시키며 도와달라고 해도 '우리 학교에 그런 애들이 많냐'며 불편한 심기를 드러낸다. 그런 이야기들을 들을 때마다 '나도, 내 아이도 한순간에 사고로, 혹은 갑작스런 질병으로 인지가 지연되고 장애를 지닐 수 있는데 건강하고 똑똑하게 천년만년 살 수 있을 거라 생각하나? 그렇게 키워서 어디에 쓸까!'하는 분노가 내 속에서 일어난다.

학교들은 '장애인의 날'이 돌아온다고 장애인식개선 그림대회같은 행사 그만 하고 더불어 함께 살아가는 방법을 알려 주었으면 좋겠다. 온유는 있는 그대로 검사를 받고, 무엇이 온유를 위하는 길인지는 조금 더 생각을 해봐야겠다.

선인장을 닮은 사람들

온유를 어린이집에 등원시키는 길. 손녀바라기인 친정아버지는 자동차로 가면 10초 거리에 있는 어린이집까지 손녀를 데려다 주면서 일부러 주차장을 빙글빙글 돌아 손녀와 좀 더 시간을 보낸 후 내려주었다. 친정아버지와 나는 온유가 어린이집에 들어가는 것을 보고 있었는데, 고급세단 자동차를 운전해 아들을 등원시키는 말끔한 슈트 차림의 아이 아빠가 자기 아들 앞으로 온유가 다가가자 못 볼 것을 본 듯 황급히 아이의 손을 잡아당겼다. 온유의 어눌한 말투를 듣고 이내 취한 방어에 불쾌한 표정이 역력했다. 온유는 어린이집에서 함께 지내는 그 동생이 반가워 가방을 들어주려고 다가갔던 참이었다.

현장에 나만 있었다면 괜찮은데 친정아버지도 함께 보고 있었던 상황이라 민망함이 더했다. 온유가 옮길 병이라도 있는 아이처럼 보이나…. 마음속의 분노가 가득 치미는 아침이었다. 그러다가 이내 생각을 고쳐먹었다. 벌레 보듯 온유를 피한, 선인장을 닮은 저들을 불쌍하게 여기기로.

가시

　　　선인장은 얼핏 보면 참 멋지지만 보이는 가시들 말고도 잔 가시들이
무수히 나 있어 무섭다. 사람도 가끔 참 무섭다. 겉으로 보여지는 가시도
날카롭지만 보이지 않는 잔 가시들이 더 살을 후벼판다.

그림책 구상 시작

　　온유의 내년 입학을 앞두고 그림책을 준비하고 있다. 진정한 통합교육을 진심으로 바라는 뜻을 담아 온유와 함께 지낼 아이들, 그리고 그 아이의 부모와 이웃에게 이해를 구하고 싶어서다. 그래서 아주 쉽게 만들고 싶다. 가볍게 많이 만들어 그 반의 아이들 한 명 한 명에 배포하고 싶다.

　무엇을 말하고 싶은지 숨은 의미를 해석하며 생각해야 하는 책들은 이미 많다. 나는 있는 그대로 심플하고 정확하면서 자세하게 발달지연 아동의 공통된 부분에 대해 다루고 싶다. 모두가 함께 어울려 지낼 수 있는 방법에 대해 잘 말해주고 싶다. 그림으로. 아이들의 언어로. 일단 오늘은 이온유 등장.

3년만의 발달검사

온유는 어제 대학병원에서 발달검사를 했다. 3년만의 검사다.
온유가 한 시간 반, 내가 오십 분 정도 걸려 검사를 받았다. 임상심리
사 선생님은 좋은 분이었다. 꼼꼼하고 숙련되어 보였다.

오늘 온유 발달검사를 마치고 생각한 것들

1) 잘 못하는 것을 너무 구체적으로 질문해서 아픈 곳을 헤집어 갈기
   갈기 긁어놓은 느낌에 내 몸과 맘이 너무 아프다는 것.

2) 내가 온유와 시간을 보낼 때 감정이나 느낌의 대화를 거의 나누지
   않는다는 것.

3) 생각보다 온유가 못하는 것과 일반적이지 않은 것이 참 많다는 것.

4) 내가 온유에 대해 많은 부분 객관적으로 못 보고 있다는 것(나도 모
   르게 잘못 동그라미 친 문항도 있다.)

그냥 하루가 힘들었다. 피곤해서 힘든데 잠은 쉽게 안 온다.
아직 결과가 나오지 않았지만, 내 아이의 객관적 데이터를 알려주는
검사이기에 다 받아들인다고는 했지만 나도 평범하고 싶은 엄마인지
라 부정하고 싶었다. 그래도 다 털고 내일부터 또 힘내서 지내야 한다.
느낀 점을 잊지 말고 오늘보다 조금 더 아주 조금 더 노력해야지.

복잡함

가끔 심플하게 살고 싶어 온유가 평범했으면 하고 바란다. 온
유가 평범했으면 오늘 어린이집 소풍에 따라가지도 않았을 것이고 이
이름 모를 독특한 솔방울을 발견하지 않았을 것이고, 나무 밑기둥 껍
질의 생김새를 보지도 않았을 것이다.
온유의 특별함이 감사할 때는 '않았을 것이고'란 표현 대신에 '발견
하지 못했을 것이고', '보지도 못했을 것이고'라고 썼을 것이면서 나도
참 가증하다…. 기분 좋을 때는 감사하고 힘들 때는 또 짜증이 나니….

온유는 언제나 그 자리에 있는데 내 컨디션과 내 맘 때문에 오락가락.

오늘은 이런저런 복잡한 생각 때문에 힘들어서 긍정적이고 감사한 것들을 생각하게 되지 않는다. 남편과 저녁 먹으며 많은 부분을 나눠도 우리는 안다. 정답이 없음을. 아무도 알려줄 수 없음을. 가끔 이렇게 힘든 날에는 나무 기둥 밑 말고 하늘에 닿아 있는 나뭇잎도 보고 싶고, 솔방울 모양도 평범한 거 하나만 알고 싶다.

천천히 가고 싶지 않고 온유의 달리기만큼이나 빨리 달리고 싶다. 걱정하고 고민하는 시간보다 더 많이 웃고 싶다. 생활에서 나도 모르게 반복적으로 언어와 인지교육을 시키는 대신 '좋아하는 남자친구는 누구인지, 그 친구가 왜 좋은지' 그런 이야기도 나누고 싶다. 너무 심플한 삶을 살면 복잡한 삶을 그리워할까? 아니면 심플한 삶이란 없는 것일까? 사람은 모두 상대적이면서 복잡함 속에서 사는 걸까?

'온유 엄마 장누리입니다'

내일 온유에 대해 알려주는 수업을 한다. 온유가 다니는 어린이집은 통합어린이집이 아니라서 내가 아이들에게 온유에 대해 직접 알려주려고 준비했다. 온유의 상태와 함께 뇌전증, 발달장애에 대한 프린트도 넣었다. 꿈○○어린이집의 자료도 코팅하고. 명함과 함께 언제든 궁금한 것이 있으면 연락 달라고 손 편지도 적었다. 최근 우연히 발견해 너무 잘 읽은 책 『조금 특별한 내 친구』와 함께. 일반 아이의 시각에서 발달장애 친구의 모습을 그린 책인데 통합교육에 사용하기 너무 좋다. 내가 꿈꾸던 책이다.

일 년에 한 번 정도 온유를 알려주기 위한 노력을 하는데, 이번에는 6세 반과 통합이다 보니 6세인 동생들에게 더 자세한 이해를 구해야겠다는 생각이 든다.

내일 잘 해야 하는데, 긴장되고 슬프고 울고 싶다….

76개월 온유

온유는 최근 들어 많이 성장했다. 이모가 운영하는 꽃집에 놀러 가서도 위험하지 않게 앉아 있을 수 있고 물건이 무거우면 자기 힘으로 드는 대신 다른 방법을 찾을 줄도 안다. 하기 싫은 머리 묶기도 예쁜 한복을 입어보기 위해서는 잠깐 동안 참아낸다.

주일 예배도 잘 드리고, 어린이주일 선물로 받은 우산도 혼자 잘 편다. '사진 한 장 찍을 수 있을까?'하는 내 요청에 응해주기도 한다. 표현할 수 있는 말들이 늘어나면서 학습욕구도 커지고 알고 싶어 하는 것과 말하고 싶어 하는 것도 많아졌다. 최근 단추 꿰기에 의욕을 보여서 어렵게 펠트 책을 사주었는데 아직 어려워 하나 끈기 있게 보고 있다. 지난 주 토요일에는 태어나서 처음으로 영화(뽀로로)를 보러갔는데, 낮잠 자는 타이밍에 가서인지 광고들만 보고 잠들어 나에게 내내 안겨 있다가 나왔다. 그래도 깜깜한 곳에서 크게 나오는 소리를 감당할 수 있는 게 어디인가. 감사했다.

집에서 작은 물놀이장 안에 편백나무칩을 구매해 넣어주었다. 온유뿐 아니라 온가족이 한 번씩 밟아주는 공간인데, 편백나무 향도 좋고 발가락에 닿는 자극도 온유의 평발 자극에 참 좋다. 온유는 읽어주는 책도 몇 장 더 들을 수 있고, 퍼즐 맞추기 하는 것도 약간 수월해졌으

며, 점선으로 된 글씨 따라쓰기도 알아
볼 수 있을 정도가 되었다.

아이들은 늦든 안 늦든 계단식으로
훅훅 자란다. 온유는 그 한발 올라갈
계단을 만나기까지의 평지가 좀 길 뿐
이다.

장애통합유치원 입학하기

온유는 내달부터 집에서 멀지 않은 장애통합병설유치원에 다
니게 되었다. 어린이집에서의 규칙적인 생활과 음식섭취, 바깥활동과
숲 체험을 통해 체력이 많이 좋아진 덕분이다. 큰 발작 없이 일 년을
잘 보내주어 조금 더 먼 곳을 생각할 맘의 여유도 생겼다.

주변의 조언도 있었지만 온유의 초등학교 입학은 유예시킬 마음이
없다. 그래서 올해 나는 대부분의 외부 일을 포기하고 온유에게 모든
스케줄을 맞추기로 했다. 그러한 결정이 오후 두 시에 하원하는 네 시
간 반의 짧은 유치원 생활을 가능케 했을지도 모른다. 집에서 1분이면
갈 수 있는 아파트 안에 있는 어린이집을 뒤로 하고 자동차로 5분, 걸
어서 30분 거리에 있는 곳이지만 감사한 마음으로 선택했다.

온유는 운이 좋았다. 유치원 사태 이후 정부에서 국공립 유치원을
대폭 늘렸고, 올해 처음 오픈한 이 유치원은 입학 시즌이 지나고 문을
연 데다가 상당히 높은 곳에 위치해 있다. 평지가 아닌 경사로를 올라
가야 학교가 나오는데 학교 정문을 통과해서도 경사로를 걸어 또 올

라가야 한다. 그래서 많은 학부모들의 선택을 받지 못했고, 정원 미달로 학기 중에 온유가 옮길 수 있었다. 하지만 거기까지만 올라가면 유치원 안의 세계는 너무 훌륭하다. 2층으로 이루어진 넓은 공간의 교실에 식사 공간, 체육실, 바깥놀이터, 산으로 이어진 산책길 등 환경이 기대한 것 이상으로 너무 좋다.

담임 선생님 네 분과 아이들이 열한 명인 이 학교에는, 온유가 가야 할 7세 반 아이들이 다섯 명이다. 그리고 특수반 선생님 한 분, 특수반 아이가 한 명 다니고 있다. 특수반 선생님 한 분이 아이 네 명까지 담당할 수 있는 것으로 알고 있는데 이 비율이면 정말 훌륭하다.

특수교육대상자 지원받는 일로 특수교육 지원센터에 문의할 일이 있었다. 그 때 이미 온유가 일곱 살이고 올해 지원받는 아이들은 이미 작년에 접수를 받아 지원은 내년 초등학교 다닐 때부터 받을 수 있지 않을까 막연히 생각했었다. 통합유치원으로의 입학이 중간에 가능한지 모르고 일단 특수교육 지원센터에 알아본 것인데, 접수한 7세부터 특교자 지원을 받을 수 있었다.

이 유치원에 온유가 들어갈 반에 자리가 충분하여

상담 받고 온 통합유치원의 특수반 선생님이 특수교육지원센터와 연락을 하셔서 절차를 진행해주신 모양이었다. 학교에 가서 선생님을 뵈었는데 지금 어린이집 선생님만큼이나 따뜻하게 느껴졌고 열정 있어 보였다. 내가 궁금해 했던 부분에 대해 먼저 이야기해 주셨는데, 온유는 6월부터 일반반에서 수업받다가(어차피 통합반이라 7세 반에서 수업을 한다.) 6월에 서류 심사를 거쳐 특교자로 통과되면 7월부터 특수교육지원을 받으면 될 것 같다고 했다. 유치원이 학교 병설이다 보니 7월에 들어오면 조금 적응하다가 방학하게 되니, 수업수가 너무 적을 것 같다고 하루라도 빨리 등원하라고 격려해 주셨다.

온유는 익숙하고 편안했던 어린이집 친구들과 선생님을 떠나 새로운 곳으로 그렇게 옮긴다. 발작때문에 변화가 무서워서 한곳에 계속 있었고, 안전하고 건강하게 키워야한다는 생각 때문에 다른 곳은 아예 생각도 안했는데 이제 조금 용기를 내어 새로운 환경에 적응시켜보려고 한다. 조금 더 다양하고 온유에게 맞춤인 개별 지원을 받고 싶어서다. 욕심일지도 모르지만 변화를 시도해 보지 않고는 모를 일이다. 온유에게 조금 힘들고 어려워도 그래서 시도해보기로 했다. 학교와 좀 더 비슷한 공간에서 생활해보아야 본격적인 학교생활을 좀 더 수월하게 받아들일 수 있을 테니까.

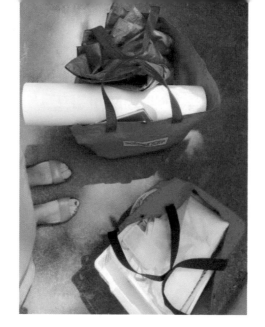

이제라도

　　몸이 부서져라 재능을 기부했던 어린이집 미술수업은 6월부터 온유가 통합유치원으로 옮기면서 마지막이 되었다. 잘 마무리하고 싶은 내 마음은 온유가 누워있었던 6세 동생 얼굴을 밟으며 부질없어졌다. 수업을 마치고 나오자마자 얼굴 밟힌 아이의 엄마에게 드린 전화는 죄송하다는 내 목소리만 가득할 뿐이었다. 생각해보면 상대방 부모도 '아니다, 괜찮다, 그럴 수도 있다'라는 말을 할 수가 없다. 죄송하다는 말로는 부족해 '온유는 내일까지만 이 어린이집에 다니고 다른 곳으로 옮긴다' 라는 말을 붙였는데, 거기까지 하고 나자 내가 참 구차해진 느낌이다.

　　다음 주부터는 온유가 또래와의 생활에서 좀 더 적극적인 중재 지원을 받기를 바란다. 뇌전증때문에 가까운 곳만 고집할 것은 아니었다. 온유의 상태를 정확하게 이해하고 교육해줄 수 있는 곳으로 이제라도 옮길 수 있어 감사하다.

'네 뒤에 엄마가 있을게, 우리 천천히 가자'

온유의 검사 결과를 들었다. 만 2세 몇 개월의 지적장애. 지능 45정도.

예상은 했지만 심한 결과다. 이 정도까지 아닌데 언어가 평균을 다 깎아먹은 것 같다. 의사 선생님은 희망고문 주지 않으려고 그러는 것인지 매우 비관적으로 이야기했다. 남편은 나에게 물어봐도 되는 질문들을 의사 선생님에게 집요할 정도로 물어보았다. 질문하는 남편의 입을 틀어막고 싶었으나 지불한 돈만큼 뭐라도 들어야겠다는 의지를 꺾을 수는 없었다.

집에 오는 길에 남편은, 뇌전증으로 발달이 지연된 딸을 둔 회사 전 동료와 오랜 시간 통화를 했다. 나는 다 아는 내용을 꼭 친구를 통해 들어야 하나 화가 났지만 그게 당신의 루트라면 그러라고 넘겼다. 눈시울이 붉어진 남편은 충격이 심한 것 같았다. 예상하고 있던 나도 납득이 안 되는 결과인데 남편이 이 결과를 받아들이기까지는 시간이 걸릴 듯했다.

온유는 유치원에 잘 적응했다. 날 보자마자 병원에 가고 싶어 가방을 가지러 교실로 달려갔다. 아침 등원할 때는 유치원 문 앞에서 태연하게 손을 흔들며 나보고 어서 가라고 손짓했다. 등원길에는 천천히 초등학교 교정을 걸으며 노래도 불렀다. 전쟁같은 등원준비는 없어졌다. 참 평화롭다.

특수반 선생님은 하원 시간에 온유와 오늘 있었던 일을 꼼꼼하게 이야기해 주었다. 어떤 상황에서 어떻게 중재했고 온유가 적용해서 언어를 사용했다고. 편식 없이 밥을 꽤 골고루 먹었고 화단에 물 주러 나오다가 나와 만났다고. 온유는 오늘 있었던 일을 물어보면 조금 이야기해 줄 수 있었고 상상인지 진짜 일어난 일인지 모를 말들도 했다.

초등학교 안에는 차가 다니지 않아 안전했고 내리막길이나 계단에서 다치지 않으면 온유가 돌발행동을 해도 안전한 공간이었다. 초등학생 오빠, 언니들의 북적거리는 소리들이 활기찼고 산과 바로 이어진 환경이 포근했다. 낯선 환경에 잘 적응하는 것은 많은 분들의 노력으로 체력이 많이 짱짱해진 덕분에 가능한 일이다. 온유는 진단명을 받지 않은 어제와 다름없이 오늘을 똑같이 살아가고 있다. 조금씩 성장하며….

온유야, 네 뒤에 엄마가 있을게. 우리 천천히 가자.

첫 펌

　　　　삼촌 결혼식에 가려고 꾹 참고 기른 온유 머리카락을 조금
다듬을까 하여 동네 미용실을 찾았다. 온유는 이제 '몽실이머리' 말고
오빠와 아빠를 따라 펌을 하고 싶어 했다. 가능할까 싶었지만 본인이
하고 싶어 해서 시켜봤다. 열 쬐고, 중화하고, 머리감고 말릴 때까지 의
자에서 한 번도 안 내려오고 거의 두 시간을 꼬박 잘 참았다.
이게 어디 만 두 살 지능 아이의 행동인지, 어제 그 의사 선생님 앞에
가서 묻고 싶다. 이 아이가 그렇게 좋아질 가능성이 희박한 아이인지.

장애인등록

장애인등록하고 가는 길. 여러 가지 생각으로 머리가 복잡하고 마음도 심란하다. 내담자 부모의 마음이 이런 줄 알았다면 미술치료사 시절 더 위로해드리고 보듬어 드릴 걸 하는 생각과 함께.

동물복지 & 인간복지

오늘 아침, 달걀밥을 먹던 진유가 말했다.

"엄마, 달걀 밥에서 치즈 맛이 나!"
"오호, 그 차이가 미각으로도 느껴지니?"

평소 살까 말까 고민하다가 구입하는 값비싼 동물복지 유정란이 어제 할인을 했다. 얼씨구나 하며 새벽 배송으로 받은 뒤 아침에 곧장 달걀프라이를 해주었는데 진유가 맛의 차이를 알아봐 주었구나! 좋은 것을 할인 가격에 먹였다는 주부 근성과 모성애가 발동해 스스로 뿌듯해 하며 진유에게 동물복지에 대해 한참을 설명했다.

"진유야, 이 달걀은 보통 달걀이랑 달라. 전에 먹었던 것은 닭장 안에 가둬놓고 밥만 먹여서 알만 낳게 한 건데, 이건 푸른 들판에서 뛰어놀던 닭이 알 낳을 때가 되어 자연스럽게 낳은 그런 달걀이야. 어때? 맛있지?"
"아니야, 느끼해!"

'얘가 좋은걸 줘도 뭘 모르네'라고 생각하며 있는데 지난 화요일 감통 선생님과의 상담이 떠올랐다. 온유의 검사결과를 원장님과 함께 보다가 원장님이 온유를 위해 놀이치료와 인지치료를 더 권했다는 것이다. 예전 같으면 '내가 뭘 놓친 걸까? 학교 들어가기 전에 바짝 더 수업할까? 돈을 더 쓸까?' 나의 무능함이라 생각하며 수긍했을 것 같다. 그런데 그간 많은 일들을 겪으면서 견고한 믿음같은 것이 생겼다. 더 이상 온유를 닭장 안에서 키우지 않겠다는 것. 치료실이 닭장은 절대 아니다. 분명 안전한 공간 안에서 배우고, 또 배워야 할 것들이 있다. 하지만 주 3일, 네 타임의 수업과 유치원에서 받는 거의 1:1 개별화 수업. 그것들 이외의 센터 수업은 이제 더 이상 받지 않기로 했다.

　삶은 함께 가는 것. 온유 주변에는 온유를 이해하고 위하는 치료사 선생님이 아닌 아이들이 있다. 선생님이 아무리 역할 놀이를 잘 해주고 상황에 맞는 방법을 제시해 주어도 온유는 아이들과 사람들과 함께 배워야 한다. 그래서 더 이상 치료실의 세팅된 공간이 아닌 사람들과 부딪히며 뛰어놀 '(인위적인 공간이 아닌)자연'을 선택하기로 했다. 인지도, 놀이도, 감각도, 언어도, 온유가 평소 만나는 사람들과 함께, 친구들과 함께, 삶에서 배우게 하고 싶다. 에어컨 바람과 딱딱한 플라스틱 장난감, 종이 프린트와 카드가 아닌 습하고 더운 공기를 피부로 느끼고 돌멩이와 흙, 나뭇잎과 벌레로 만져지는 친구들의 살과 아이들 언어로, 배우게 할 것이다. 남편도 돈의 노예가 되지 않으며, 첫째 진유도 소외되지 않고, 온유도 치료실 뺑뺑이 돌지 않고, 나도 나의 일을 하며 적당히, 천천히, 여유롭게 살기로 했다.

　자연 방목한 닭의 유정란이 더 신선하고 그런 고기가 더 맛있고 건강하다는 것을 누구나가 안다. 당장 눈에 안 보여도 더 건강한 삶이란 것을. 불안함에 휘둘리지 않고 중심을 단단히 잡고 모두가 행복한 삶도 다르지 않으리라.

가정복지

남편도 돈의 노예가 되지 않으며,

첫째 진유도 소외되지 않고,

온유도 치료실 뺑뺑이 돌지 않고,

나도 나의 일을 하며 적당히, 천천히, 여유롭게 살기로 했다.

손톱

'오늘은 꼭 깎아줘야지' 계속 다짐했던 온유 손톱을 또 못 깎아주고 재웠다. 온유 손톱이 길어지면 신경이 쓰인다. 뒤집어지거나 더러워 보일 걱정보다 진짜 이유는 타인의 시선 걱정 때문이다.

온유 엄마는 뭐하는 사람이래?
애 손톱이 저 상태인지 오래 되었는데 아직도 안 깎아줬데?
그래서 엄마 정신이 한군데 있어야 한다니까....... 쯧쯧
이것저것 일하면 뭐해. 애도 꼼꼼하게 못 챙기면서.......
아이가 친구 꼬집는 거 알면 길기 전에 뭉뚝하게 깎아줘야 하는 거 아냐?

남들이 하지도 않은, 내 속에서 만들어진 말들이 마음속에서 빙빙 돌아 날 괴롭힌다.

오래 전, 교회 지인에게서 들은 얘기다. 중·고등학교 시절 공부를 잘했던 자신이 명문대학에 낙방하고 자포자기하듯 들어간 대학에 다니게 된 후 창피한 마음에 교회를 갈 수가 없었다고. 그 때, 교회 전도사님에게서 이런 말을 들었다고 한다.

"준호야, 네가 생각하는 것만큼 남들은 네게 관심이 없단다."

그 말을 부정했지만 교회에 용기 내어 갔을 때, 전도사님의 말이 옳았

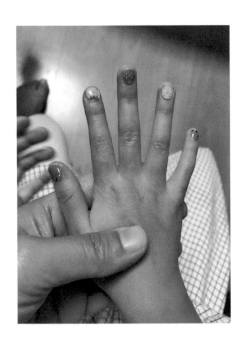

다는 걸 실감했다고 한다. 학교와 자신의 고민에 대해 아무도 관심이 없더란다.

　나만큼 온유에게 관심을 갖고 있는 사람은 없다. 크든 작든 모든 사람은 다 자기 문제와 자기 주변 문제에 대해서만 관심이 많으니까. 아이가 손톱을 물어뜯는 불안이 있어 손톱을 찾기 어렵다 한들, 엄마에게 알려야 할 담임선생님 말고 걱정할 '남'이 있을까? 내가 걱정스레 이야기하면 앞에서 '그러게요'라며 맞장구쳐줄 수는 있지만 집으로 돌아가는 내내 걱정되어 책을 뒤지고 사례를 분석해 방법을 알려주며 다음 만남 때 물어봐주는 '남'이 있을까? 그런 이웃이 있다고 해도 이상할 것 같다.

아무 곳으로 튀는 온유의 돌발행동과 외계어처럼 알아듣지 못할 말들, 고막을 찌르는 고성과 환호성, 아무데서나 훌러덩 내리는 바지, 방구 뽕 했다며 엉덩이 두 대 톡톡 쳐달라는 모습이나 바지 안에 손 넣어 소중한 부분을 만지고서는 그 냄새를 맡는 모습을 보며 나만 얼굴 화끈할 뿐, 다른 이들이 저녁식사 중 꺼내는 대화 주제는 아닐 것이다.

나만 너에게 관심이 지대하구나. 내 사랑이 지나쳐 내가 이렇게 힘들고 지쳤구나.

샤워기헤드

며칠 전 남편이 욕실에서 나오며 이런 말을 했다.

"샤워기를 왜 그렇게 높이 꽂아?"
"거기 꽂아 놓고 샤워하는데? 왜?"
"진유가 높아서 엄청 아슬아슬하게 빼더라고."
"아, 알았어. 샤워하고 한 칸 내려놓을게."

그렇게 대답한 다음 날 아침 욕실에 들어갔는데 샤워기헤드가 한 칸 내려와 있다. 난 내린 적이 없는데 남편이 내가 잊은 걸 알고 내렸거나 진유가 샤워하면서 내린 것 같았다. '오늘은 샤워하고 꼭 내려야지!' 샤워하기 전에는 두 번 세 번 다짐하는데 샤워하고 나서는 생각도 같이 씻어버리는지 잊고, 또 잊고 계속 잊었나보다.

오늘 아침 샤워하러 들어가는데 샤워기가 또 한 칸 내려져 있었다.

내가 내리지 않았는데…. 매번 아슬아슬하게 내리는 진유 모습을 상상하며 미안한 마음에 오늘은 잊지 않고 샤워기헤드를 내려 꽂았다.

　　일반적인 인지를 지닌 성인인 나도 샤워기헤드를 내려서 꽂기까지 열흘이란 시간이 걸렸다. 받아들이고 몸이 익숙하게 받아들여 움직이기까지 필요했던 시간. 중요하지 않다고 생각해 머리에서 자꾸 지워버리는 건지도 모르겠다.

　온유와 진유는 아직 만 여섯 살, 만 열 살 된 한창 느끼고 배우며 자라나고 있는 아이들이다. 엄마란 나도 그렇게 성장했고 처음부터 다 잘한 것이 아니다. 아이의 부족한 점만 찾아 들춰내고 혼내고, 반면 잘하고 있는 것들에 대해서는 남들도 다 한다고 당연시하는 것, 얼마나 부조리한가. 오래 살았다고, 좀 더 경험했다고, 많이 안다고 다 옳은 것은 아니다.

지민이

　지난 월요일 온유는 처음으로 유치원을 땡땡이치고 지민이와 놀러갔다 왔다. 진유 친구의 남동생인 지민이는 온유와 동갑이다. 최근 길을 가다가 지민이가 온유를 봤던가 보다. 온유와 놀고 싶어 했다며 지민이 엄마로부터 연락이 왔다. 이후 월요일에 땡땡이를 계획했다. 이렇게 좋은 기회를 거절할 리 없다. 발달이 느리지 않은 친구들이 온유와 진심으로 즐겁게 놀아주는 일은 드물다. 선생님께 잘 보이려고 할 때나 엄마가 시키니 하는 수 없이 놀아주기는 한다. 내가 경험한 아이들 대부분은 온유를 무시하거나 열외 시킨다.

　언제 지민이 만나냐며 폰 안의 지민이 사진을 보고 또 보고 며칠 동안 되물으며 기다려 온 날. 유치원에는 현장학습 계획서를 제출하고 정원이 있는 빵집으로 향했다. 날이 너무 좋았고, 온유는 지민이와 신나게 뛰어놀았다. 각자의 공을 갖고 따로. 실내에도 들어가 구경도 하고 싶었으나 두 아이들, 아니 온유가 심하게 뛰는 바람에 감히 들어갈 엄두를 못 냈다. 시원한 벤치 그늘에 앉아 엄마들은 뛰어노느라 이미 땀 범벅이 된 아이들을 지켜봤다. 빵을 먹고 복숭아아이스티를 들이키며 기분 좋게 놀았다.
　온유가 지민이와 함께 흔들의자에 앉고 싶어 했으나 지민이에게 거부당하자, 난 속으로 '너, 온유 보고 싶다고 같이 놀고 싶다고 했으면서…' 하고 순간 서운한 마음이 들었지만 이런 일은 너무 흔해 아무렇지도 않게 잊었다.

"온유야, 지민이는 혼자 타고 싶대. 옆에 가서 타자!"

  손을 잡거나 같이 공놀이를 하는 등 내가 상상한 모습은 아니었으나 즐거운 시간을 보냈다. 지민이 엄마는 지민이가 어린이집에서도 3년 동안 한 아이하고만 친하게 지낸다며 모르는 사람이 없을 정도로 친구랑 친해지는데 힘들다는 이야기를 해주셨다. 아마, 온유와 어울려 놀지 않는 모습이 내심 미안했던 것 같다. 난 괜찮았다. 평화롭게 너무 잘 뛰어 놀았고 한 공간에서 이렇게 시간 보내는 것이 정말 사소한 일이지만 눈물나게 감사했다. 집에 와서는 남편에게 지민이 이야기를 하며 함께 보낸 시간이 행복했다고 전했다.

  며칠 뒤, 동네에서 지민이 엄마를 지나치며 만날 일이 있었다. 지민이 엄마는 이런 얘기를 전해줬다. '지민이가 그날 자기는 이온유하고만 놀았다'고….

부끄럽다

진유 반에 또래들보다 발달이 느린 친구가 한 명 있다. 부모님도 인지가 조금 낮아 보인다. 그 아이는 선천적인 것인지 후천적인지는 잘 모르겠다. 다만 아이들을 무섭고 두려운 존재로 여기며 매일 화를 내는 새내기 담임선생님에게 자주 혼난다는 얘기를 들었다.

숙제를 안(못) 해 와서 혼나고, 수업시간에 엎드려 있다가 혼나고, 주구장창 혼이 난다고 한다. 자주 혼나다 보니 자연스레 아이들도 그 아이를 대놓고 무시하는가 보다. 복도에서 다 같이 뛰어놓고 누군가의 고자질로 ♡♡이가 대표로 혼나는 상황이라고 하니 보지 않아도 왠지 눈에 선하다. 진유는 적극적으로 나서지는 못했지만 그 고자질한 친구가 나빴다고 했다. 온유 생각이 나서 마음이 아팠다면서…. 하지만 ♡♡까지 챙기기엔 자기 코가 석자라 나서서 대변해주기 두려웠던 것 같다.

그런데 진유와 같은 반에 ♡♡이와 함께 놀아주는 ◇◇라는 친구가 있다. 이 친구도 ♡♡이와 함께 참 많이 혼나는 아이다. 어느 날인가, ◇◇이가 ♡♡와 함께 하원하는 모습을 보는데 ♡♡가 ◇◇이의 팔목을 잡고 가는 것이었다. 그 모습이 초등학교 5학년 남아의 평범한 모습은 아니었다. 한 아이가 다른 한 아이의 팔목을 잡고 가는 모습이 독특했다. 그런 모습을 기억에 담아두고 있었는데 오늘 진유가 ◇◇이 이야기를 했다. 학교에서 ◇◇이가 혼났다고. 이유인 즉, 선생님이 "너 오늘 밖에 나가 놀았어?"라고 물었더니 "아니요!"라고 대답했단다. 그런데 그 말 뒤에 "왜요?" 라고 궁금해 물었던 것이 화근이 되었던가 보다.

진유도 담임선생님에게 '부적응자'라는 말을 들었던 적이 있다. 말도 안 되는 상황에서 무조건적인 권위로 '엄마가 너 이렇게 학교생활하는 거 아냐?'는 꾸지람을 들었다는 말을 진유 통해 듣고 무너진 적이 있다. 이번에 ◇◇이 혼났다는 얘기를 듣고 ◇◇어머니는 알까 싶어 조심스럽게 안부를 물었다. 안부 끝에 혹시나 ◇◇이도 ♡♡과 놀기 싫은데 함께 놀 친구가 없거나 거절을 못해서 어울리는 것인지에 대해 물었다. ◇◇ 엄마도 사실 그런 걱정이 된다고 했다.

통화 후 30분 정도 지났을까, 자기 전에 메시지나 확인하려고 열었던 카톡에 이런 글이 와있었다.

"♡♡에 대해 ◇◇에게 물으니 다른 친구들이 모두 ♡♡를 피하는데 자기까지 그러면 ♡♡가 얼마나 외롭고 쓸쓸하겠냐고 하더라구요. 엄마도 차별하는 거냐고 말하는데 할 말이 없네요."

말문이 막혔다. 너무 너무 너무 부끄러웠다. 너무 부끄러워 만화같이 몸이 점점 쪼그라들어 사라지는 느낌이었다. 아이는 이렇게 순수하고 이렇게 따뜻하고 이렇게 아름다운데 내가 내 멋대로 판단한 것이다.

내 안의 선인장 우리 안의 선인장

의식하지 못하는 사이 나도 누군가에
게 선인장처럼 뾰족한 대상이 될 수 있다는 것을 알았다. 온유가 내게 깨닫고 반
성하게 하는 것들은 의외로 많다.

이 아이를 위한다며 오버했다. 아이는 정말 잘 지내고 있는데, 어른인 나보다 훨씬 건강한 정신으로 잘 살고 있는데 선생님과의 힘든 시간을 둘이 함께 잘 견디어 내고 있는데 나 혼자 제멋대로 생각했다.

부끄러우면서 한편으로는 부러웠다. 내년에 온유 반에도 ◇◇같은 아이가 한 명만 있었으면. 온유가 매일 혼나고 모두에게 무시당해도 같이 밥을 먹고 하교할 수 있는 친구가 있었으면…. 여전히 부끄럽다.

깨진 그릇

금요일 저녁. 이 시간이 되면 피곤해진다. 남편은 남편대로 새벽같이 일어나 일하느라 힘들고, 진유는 학교에 가서 혼나지 않으려고 긴장하느라 힘들고, 온유는 유치원과 센터에 다니느라 힘들고, 난 그런 온유를 돌보고 진유를 토닥이느라 지친다.

그런 일주일의 삶이 켜켜이 누적되어 극도의 피로가 쌓이는 시간이 금요일 저녁이다. 배달 앱으로 주문한 족발을 맛있게 먹고, 모두 티브이를 보며 자유시간을 만끽한 채 늘어졌다. 그냥 잘까 말까 하던 찰나에 산같이 쌓인 설거지가 눈에 들어온다. 내일은 아침부터 나가야 하기에 설거지를 하자고 결심을 한 뒤 일어나 큰 그릇부터 씻었다.

크고 넓은 접시 두 개를 씻어 조리대 위에 놓인 식기건조대에 꽂는 순간, 와장창! 밤 10시, 엄청나게 큰 소리와 함께 무게중심이 맞지 않았던 식기건조대가 주방 바닥으로 떨어져 두 접시가 산산조각이 났다. 자려고 누워 있던 남편이 큰 소리에 깨서 놀라 나왔다. 그러면서 던진 첫마디!

"그거 교회 그릇이지!"

이 말을 듣는 순간, 오만 가지 생각이 꼬리에 꼬리를 문다. 남편이 말하는 '교회 그릇'이란 내가 몇 달 전 교회에서 주최하는 장애인의 날 행사 때 발달장애인들이 만든 도자기 그릇 여섯 개를 구매했는데 그 그릇을 지칭하는 거였다. 일단 생각한다. 깨진 그릇을 치우면서 계속 생각했다. 근데 답이 안 나와서 물어봤다.

"왜? 왜 교회그릇인데?"
"깨질 것 같았다! 왜! 당신은 또 뭐가 그렇게 짜증나는데!"

남편이 소리를 질렀다. 지르거나 말거나 난 남편이 도무지 이해가 안 됐다. 교회 그릇이 왜? 그게 왜 깨질 그릇인 거지? 내가 실수해서 깨진 그릇은 중국제 다이소 건데 당신은 왜 발달장애인들이 만든 그릇이 문제라고 생각하는 거지? 왜 다이소 5천원짜리 그릇이라고는 생각이 안 되는 거지? 너무 화가 났다.

자기 아이가 만들 수도 있는 그릇이었다. 누군가의 자녀가 만든 그릇이었다. 그 그릇이 왜 그런 대우를 받아야하는지 당신이란 사람에게 우리 아이는, 우리 이온유는 아직 깨질 것 같은 불완전한 그릇인 건

지, 있는 그대로 완전한 그릇은 아닌 것인지.

아름답고 예쁘게 빚어져 고운 유약 발라 매끈하게 빛을 발하는 그릇만이 당신에게는 깨지지 않는 그릇인 것인지. 왜 내 실수는 생각하기도 전에 그 그릇 탓을 하는 것인지. 난 모르겠다. '당신은 아직 받아들이기 힘든가보다'라고 생각하기로 했다.

장애 등급

말로만 듣고, 글로만 본 장애 등급제 폐지 후 바뀐 시스템으로 받은 온유의 장애정도 결정서.

'심한 장애'

직접 받아보니 속 깊은 데서 분노가 생긴다. 이런 느낌일 거라고는 상상도 못했는데 당혹스럽다. '심하다'와 '경하다'. 이 두 가지로 분류하는 이유는 뭘까. 왜 등급제에서 이 두 개로 나누는 것이 낫다고 생각했을까. 사람의 장애 정도를 경하고 심하다고 나누는 기준은 무엇일까. 무엇이 경한 것이고 무엇이 심한 것일까. 한낱 숫자일까? 사람이 매긴 점수일까?

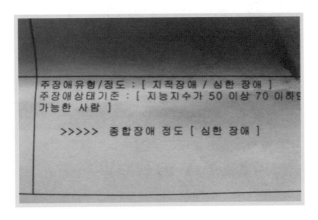

경하다고 해서 좋고, 심하다고 해서 속상하고, 경하다고 해서 행복하고, 심하다고 해서 불행한 것이 아닐 텐데…. 사람을 두고 이러는 거 아니다.

삑삑

주민센터에서 온유의 장애인카드 신청을 하고 왔다. 같이 주면 좋으련만, 뭐가 이리 복잡한지 장애인카드는 며칠 걸린다며 온유 교통카드만 만들어 줬다. 수도권 지하철은 무료란다. 1인의 동반 승

차가 가능하다는데 지하철 개찰구 통과할 때 온유를 안고 통과하라는
건지, 방법도 안 가르쳐준다.

유치원에 다니고 있어서 교육비 지원도 못 받고, 뭔가 걸리고 걸려
서 다른 혜택들은 받을 수 있는 게 거의 없다. "삑삑!" 보통의 교통카
드와 다른 소리가 난다는 이 카드로 '수도권을 신나게 다녀보자!'라는
화이팅 마음이 지금은 생기지 않는다. 한 시간 주민센터 장애인 부스
에 앉아있다가 나오니 그냥 한없이 우울하다. 비싼 커피에 파니니를
먹어봐도 기분은 더 가라앉고 모든 감각이 무디다.

온유를 공교육에 끼워 넣으려고, 장애인 등록을 하는 게 맞았을까,
이렇게 명명 지어지는 게 맞았을까, 그냥 살면 안 되는 거였을까. 나중
에 정말 필요에 의해 하면 안 되는 것이었을까. 뭐가 맞는 걸까….

수다

　어제 주민센터 다녀오는 길에 진유 친구의 엄마를 만났다.

"어디 다녀와요?"
"주민센터에요."
"무슨 일로요?"
"온유 장애인카드 신청하려고 갔다가 교통카드 만들어 왔는데 어
쩌구 저쩌구⋯⋯."

　예상치 못한 이야기를 들은 친구 엄마도, 말하는 나도 낯선 대화의
주제가 어색해 평소보다 빨리 헤어졌다. 오늘 낮에도 진유 방학이라
점심 데이트하러 갔다가 다른 친구 엄마를 만났다. 최근의 내 근황인
'나 어제 온유 장애인카드 신청했는데…'라면서 요즘 관심사를 나누
고 싶었으나 순간 나눌 수가 없었다. 그들은 그들대로 당황해 어찌 대
답해야 할까 고민하는 모습이 보일 것 같고 나는 나대로 그 반응을 대
하기가 너무 낯설어 다른 이야기만 하고 헤어졌다. 가족들에게도 마
찬가지다. 어떻게 이야기를 꺼내야 할지 모르겠다.
　어제 저녁에는 친정아버지가 퇴근해 우리 집으로 오셨는데 우스갯
소리로 "할아버지랑 이온유는 지하철 공짜로 타네!"라면서 웃어넘기
듯 카드 발급 이야기를 꺼냈다. 진지하게 말하면 너무 다운될 것 같은
분위기 때문이다.
　멀쩡하게 이야기를 하기엔 온유의 뇌전증을 이야기할 때와는 많이

다르다. '온유는 지적장애 중에서도 심한 장애래. 장애인카드 발급하고 뭐뭐 할인 된다고 해서 알아보고 왔어'라고 말하기에 나도 이 상황이 많이 낯설어서 뭐라 해야 할지 모르겠다. 그래서 오늘 온유의 치료 선생님이과 유치원 특수반 선생님께 말씀드리며 연습을 했다. 그래도 선생님들은 나 같은 엄마들을 많이 만나고, 지금 이 행정 변화와 심경 변화를 알지 않을까 하여서다.

타인에게 내 이야기를 전하기도 힘든데, 내 아이 장애 이야기를 내 입으로 말하기는 더 힘든 것 같다. 그들은 들을 준비가 되어 있는데 내가 이야기를 못하는 것 같기도 하고, 내가 대화하기 힘드니 거리를 두는 것 같기도 하다.

연습해야지, 자연스러워지게. 그리고 아무렇지 않게. 내가 먼저 그렇게 해서 주변 엄마들과 가족들이 아무렇지 않게 나에게 묻고 또 다른 장애가족들에게 브런치 먹으며 깔깔깔 수다 떨듯 편하게 대해주길 기대해야지.

가끔 내 편인 남편

며칠 전 친정엄마가 오셨다가 잔소리를 한가득 하고 가셨다.

"집이 이게 뭐니 좀 치우고 살아라. 밥은 해 먹여야지 맨날 냉동식품에 배달음식에……."

매번 듣는 똑같은 레파토리라 가볍게 듣고 넘겼는데 엄마가 가신 뒤

남편이 말했다.

"어머님은 우리 삶을 잘 모르시는 것 같아. 안 하는게 아니라 못하
는 것이라는 것을. 이온유를 키워보면 그렇게 살 수 없다는 걸 아실
텐데……."

내색은 안 했지만 너무 위로가 되어 마음속으로 눈물이 났다. 가끔은
남의 편 아니라 내 편인 남편.

" 드디어 온유의 복지카드를 찾아왔다.
카드 위에 찍혀 있는 '중증'이라는 인증을 보니
잊었던 감정이 되살아나 마구 요동친다.
국어사전에서 중증을 찾아봤다.
'아주 위중한 병의 증세'라고 나와 있다.
온유가 그리 위중한가? 크면서 점점 위중해지나?
알 방법은 시간밖에 없으니 일단 패스.

주민센터에 간 김에 활동보조를 신청했다.
…
주민센터에 쭈뼛쭈뼛 오는 이들의 힘겨운 삶을
주무관 그녀는 알까? 알고는 싶을까?
그냥 다시 가고 싶지 않은 곳이 되어버렸다.
주민을 위한다는 센터에. "

5
부

'약속을 잘해요'

"저희 아이는 장애가 있어서요"

오로지 온유 스케줄에 의해 아침 여덟시 반에 집에서 나가 센터 수업을 마치고 집에 돌아오는 네 시. 집 근처 택시 안.

"집이 여기이신가요?"

"네."

"그럼 타신 곳은요?"

"아, 거긴 아이 수업 받는 센터예요."

"요즘 집 근처에 보면 좋은 수업 들을 수 있는 곳 엄청 많던데…."

"아, 네…. 저희 아이는 장애가 있어서요.'"

"아……. 그 엄마들 상줘야 하는데……. 치매도 엄청 힘들다고 하더라고요. 가족 중에 치매있는 분 있으면……."

"네, 그렇다고 하더라고요."

온유가 다니는 센터가 위치한 곳이 학원 밀집지역이다보니 그렇게 생각할 만하다. 아이 엄마가 정보력이 없거나 쓸데없는 곳에 돈과 시간을 낭비한다고 생각할 수는 있다. 그런데 그건 아저씨 생각이다.

밀폐된 공간에서 선택의 여지없이 듣고 싶지 않은 말을 나보다 나이가 많다고 해서, 아이를 먼저 키워봤다고 해서, 아는 정보가 많다고 해서 그렇게 맘대로 내 뱉고, 무안해 하며 화제를 다른 데로 돌리는 것은 참 이기적이다. 내 돈 내고 타면서 참 불편하다. 이래서 많은 발달장애 엄마들이 자차로 다니나? 이런 이유로 차를 사서 다니는 걸까? 불필

미리 판단하고 먼저 훈계하는 사람들

'장애'란 단어 하나가 날 무지
한 헬리콥터맘에서 불쌍하고 상 줘야하는 사람으로 둔갑시키기도 한다.
이런 편견과 싸워 나가는 동안 무뎌지거나….

요한 에너지 덜 낭비하러? 내 입으로 말하기 힘들었지만 '장애' 그 단어 하나가 날 무지한 헬리콥터맘에서 불쌍하고 상 줘야하는 사람으로 둔갑시키니 신기하다.

아저씨도 당황했고, 몰라서 그런 것이니 그러려니 하고 난 잊을 거다. 그렇지만 택시기사님은 그 무안함 오랜 시간 잊지 않았으면 좋겠다. 또 장애아이 부모라고 선입견 갖지 않아주었으면 좋겠다.

진짜 휴가

진유는 열두 살이다. 놔둬도 스스로 혼자 잘 먹고 잘 논다. 알아서 창의적인 활동도 하고 생산적인 일도 한다. 온유는 일곱 살. 여전히 누군가의 돌봄이 끊임없이 필요하다. 눈 깜짝할 사이에 위험한 행동을 하기도 하고 없어지기도 한다. 순식간이다. 남편이나 나, 친정엄마나 언니 등 주변인들은 온유가 자고 있지 않는 한 누군가는 계속 끊임없이 돌보아야 한다. 대부분의 그 역할은 나나 남편이 한다. 그건 휴가철도 변함이 없다. 온유와 함께 휴가철에 어디를 가는 것은 절대 휴가가 아니었다. 그러다가 올해는 변화를 주고 싶어 여름휴가 절정기인 8월 초에 친정집이 있는 홍천에 갔다.

휴게소에서 아침 겸 점심을 먹는 일은 망했다. 친정집에 도착해서도 열사병이 오락가락 머리는 터질 듯 아픈데 푹 쉬지 못했다. 온유 감각을 진정시킨다는 명분으로 아무데도 못 가게 이불에 돌돌 말아 놓고도 싶고, 하지도 못 할 오만 가지 생각에 사로잡힐 때 즘, 온유가 스르륵 낮잠에 들었다. 세상에, 너무 감사했다. 미치기 직전이었는데….

휴가를 휴가답게 보낼 수 있는 날이 올까? 남편에게 언제 들어오냐는
독촉전화 받지 않는 어느 곳에서 내가 가고 싶은 시간에 집에 갈 수 있
는 날이 올까? 다른 이의 평범한 휴가가 부러운 휴가철이다.

'내일 먹어!'

저녁을 먹다가 남편이 배부르다고 하니 온유가 말한다.

"내일 먹어!"

이 지극히 평범한 미래형 표현이 온유에게는 처음이기에 듣는 순간 놀라움과 감동이 밀려왔다. 눈물나게 감사했다. 그보다 더 감사한 것은 나 혼자만의 감사가 아닌 남편과 진유도 함께 감격했다는 것.

온유를 통해 우리는 더 단단해지고 더 작은 것에 감사해 하며, 함께 울고 웃으며 마음을 나누는 일이 많아졌다. 온유가 아니었다면 몰랐을 감사와 감동이다. 아무것도 아닌 일에 행복한 저녁식사 시간이었다.

이름 익히기

　지적장애 중증이든 심한 장애든 그런 말에 상관없이 너는 쉼 없이 재미나게 움직이고 매일매일 조금씩 자라나는 사랑스런 나의 딸.

장애인 복지카드

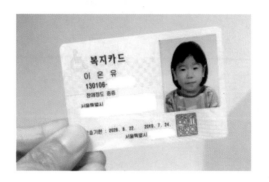

　　발급된지 일주일이 넘었는데 날이 너무 덥다는 핑계로 미루
고 미루다가 주민센터 근처에 갈 일이 있어 드디어 온유의 복지카드
를 찾아왔다. 카드 위에 찍혀 있는 '중증'이라는 인증을 보니 잊었던
감정이 되살아나 마구 요동친다. 국어사전에서 중증을 찾아봤다. '아
주 위중한 병의 증세'라고 나와 있다. 온유가 그리 위중한가. 크면서
점점 위중해지나? 알 방법은 시간밖에 없으니 일단 패스.

　　주민센터에 간 김에 활동보조를 신청했다. 서류의 체크리스트 때문
이겠지만, 팩트만 적으면 될 것을 불필요한 개인의 생각까지 내게 전
달할 이유는 없었는데…. 주무관에게 서류처리와 함께 사람을 대하는
태도는 묻거나 배우지 않는 것일까. 주민센터에 쭈뼛쭈뼛 오는 이들
의 힘겨운 삶을 그녀는 알까. 알고는 싶을까. 그냥 다시 가고 싶지 않
은 곳이 되어버렸다. 주민을 위한다는 센터에.

"애가 눈에 밟히실 텐데요"

어제 한 번호로 전화가 계속 왔다. 국민연금공단인데 이온유 장애활동지원을 신청해서 가정방문하고 상담을 해야 한다고 했다. '당장 급해서 써야 하는 거 아니니 나중에 해도 되는 거냐'고 물었더니 아이와 맞는 사람 구하는데도 오래 걸린다며 다음 주가 한 달에 한 번 하는 심사라고 한다. 심사 통과하고 나중에 사용하면 된다고 하며 오늘은 시간이 어떻게 되냐고 물었다. 아이 컨디션도 중요할 것 같아 온유가 날이 너무 더워 낮잠을 잘 수도 있을 것 같으니 한 시 반쯤 통화하며 네 시 반에서 다섯 시에 가능할 것 같다고 했다.

집에 와서는 생각이 복잡해진다. '집을 치워야 하나 우리, 집 치울 시간도 없다, 더럽게 산다고 보여줘야 하나' 그러다가 그래도 모르는 사람이 오는 거라 대강 청소기를 돌렸다.

네 시 반이 되니 정확한 시간에 맞춰 왔다. 공단의 OOO과장이라는 사람이 명찰을 보여줬다. 그는 30분 동안 내게 엄청난 질문을 하며 온유를 끊임없이 관찰했다. 가정환경부터 가족 외에 누가 온유를 봐줄 수 있는지 남편은 회사원이고 나는 어떤 일을 하는지 서류상의 온유 말고 온유는 무엇이 가능하고 무엇이 어려운지.

30분 정도 질문하고 답하는 내내 온유는 졸린 것인지 너무 얌전하게 앉아서 공단 과장님같이 노트에 펜으로 끄적이거나 블럭을 하며 아주 얌전히 낯가림을 표시하고 있었다. 국민연금공단 사람은 있는 그대로 질문에 답하는 내게 "그렇게 다 좋게 대답하시면 안 되실 텐데요… 허허허" 하면서 우스갯소리를 했다.

온유 정도는 여러 가지를 종합해 본 결과 적합하지 않다는 결과를 많이 받은 모양이었다. 자기는 노력하겠지만 어려울 것 같다며 이 제도는 어떻게 알아서 신청했냐며 묻는 질문 뒤에 넌지시 붙인 한마디.

"애가 눈에 밟히실 텐데요."

장애아든 아니든 아이와 오랜 시간 보내지 않는 엄마들은 애가 눈에 밟히지 않아서 남에게 아이 맡겨두고 지내는 것인가. 경제적으로 힘들지 않은 가정의 엄마들은 돈 내고 사람을 고용하지 이런 혜택을 왜 사용하느냐는 것일까. 나와 같은 엄마들은 해오던 일이라도 내려놓고 적당히 아이 키우며 살림하며 살라는 것일까. 아이가 어렸을 때 엄마의 케어를 많이 받은 지적장애 아이가 중학생이 되어 혼자 차 타고 학교 다닐 수 있을 정도가 된 사례를 이야기해 주면서 어렸을 때의 엄마의 헌신을 은근히 강조한 후 공단 과장님은 떠났다.

신청이 되어도 사용할지 안 할지 고민이고, 나라 세금이 그렇게 부족해 나와 같은 경우에는 지원이 안 된다고 해도 큰 불만은 없을 것 같다. 하지만 혹시 하는 마음에 신청해 본 것이었는데 상담 과정을 경험하고 나니 차라리 지원을 안 받는 것이 맘 편하겠다는 생각이 든다. 이웃들이 전해준 그 기분이란 것이 이거구나. 온유나 나 정도는 뭘 기대하면 안 되겠구나. 등급이 폐지되면 꼭 다 되는 것마냥 올려놓고 신청만 가능하지 지원이 다 되는 건 아니었다.

장애활동지원 가정방문 상담

　　　　　　　　　장애아든 아니든 아이와 오랜 시간 보내지 않는
엄마들은 애가 눈에 밟히지 않아서 남에게 아이를 맡기는 것이 아니다. 애가 눈에 밟
혀 엄마들이 일을 포기해야 하는 논리라면 지원과 상담은 허울뿐이라는 말인가.

호랑이그림

언어연습을 시키려고 어제 동물원에 다녀왔는데, 그림일기를 그리다가 더 중요한 것을 깨달았다. '호랑이도 그릴 수 있었구나.', '그림 그리는 것도, 물감 놀이도 엄청 좋아하는데 엄마가 언어에만 미쳐 있었네….'

무한한 아이인데 내가 계속 한정짓는다. 정신 차려야겠다.

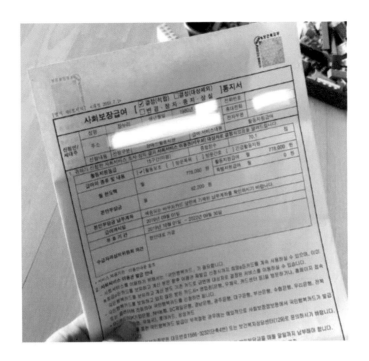

장애인 활동지원 적합 통보

　예상도 못 했는데 어제 저녁 장애인활동지원이 적합하다는 결과지를 받았다. 15구간(마형)과 70.1이라는 점수가 뭔지 모르겠지만 한 달에 60시간의 활동지원 시간을 사용할 수 있게 되었다.

　기관에 등록을 하고, 맞는 활동보조인을 구하는 건 차차하고 이 시간을 어떻게 활용할지가 관건이다. 당장 사용할 것은 아니니 잘 계획을 세워봐야겠다.

달

"엄마, 봐봐!"
"응? 뭔데?"
"저기 봐봐!"
"뭐가 있는데?"

주말 저녁 여유롭게 늘어져 티브이를 보고 있는 내게 저기 좀 보라며 온유가 계속 닥달을 한다. 빨리 보는 척하고 다시 티브이를 보는 게 낫겠다 싶어 베란다로 나가 올려다 본 곳에는 달이 있었다. 주위를 환하게 비추는 밝은 달. 아름답고 은은한 빛의 고운 달을 보자 온유에게 미안함과 고마움이 함께 든다.

온유 덕분에 우리가족은 매일 밤 달을 본다. 산 끝에 걸쳐 있다가 서서히 움직이며 떠오르는 달의 모습도 보고 매일 조금씩 변해가는 과정도 본다. 티브이 속 다큐멘터리나 과학책이 아니라 온가족이 눈으로 매일 본다.

온유를 통해 진짜 삶을 살아가는 방법을 배운다.

미아방지밴드

　　지난 주, 언어수업 보강을 받느라 평소 가는 낮 시간이 아닌 저녁시간에 센터에 가게 되었다. 오래 전 몇 번 보았던 여자아이와 엄마인데 둘의 손목이 눈에 익은 밴드로 연결되어 있었다. 미아방지밴드. 팔목과 팔목을 이중 잠금으로 풀리지 않게 안전장치가 되어 있는 밴드다. 몇 년 전에 갑자기 전력 질주하는 온유때문에 필요할까 싶어 사두었는데 하지는 못하고 어디 뒀는지 잊어버렸던 밴드인데 어제 장난감들을 정리하다가 발견했다. 이 밴드를 보자마자 지난 주에 센터에서 보았던 그 아이와 엄마가 떠오르며 밴드를 샀을 때의 내 상태로 돌아가 한동안 마음이 너무 어려웠다.

　　마음이 힘들다가 아프기도 했는데, 순간 그건 내 느낌일 뿐 그 엄마의 생각이 아니란 생각이 들었다. 그 엄마는 아무렇지 않을 수

있다. 아플 때 보조 용구 사용하듯 필요에 의해 아무렇지 않고 당연하게 사용한 것을 수 있는데 내가 지레 감정을 얹어 생각한 것 같다. 난 아직 멀었다. 아직 내가 당당하지 않아서 온유의 눈에 띄는 모습들을 창피해 하고 타인을 의식하는 것이다. 다음에 보게 되면 아무렇지 않게 깁스를 한 듯, 목발을 짚은 듯, 휠체어를 탄 듯, 액세서리를 한 듯, 가방을 멘 듯, 킥보드를 탄 듯, 그냥 그런가보다 무심하게 지나쳐야지.

그나저나 이건 다음 주 벼룩시장에서 팔아야겠다. 천원에. 필요하신 분이 사 가시게.

남편이 달라졌어요

주일 저녁, 다림질을 하며 시각장애인 이모가 조카와 함께 산티아고 순례자의 길에 오르는 영상을 보게 되었다. 꽤 오랜 시간 남편과 함께 보며 이런저런 이야기를 나눴다. 이모의 눈이 되어준 조카에게 미안해 하는 것도, 조카의 배려를 제약받는 듯 느껴져 짜증내는 이모도 각자의 입장이 이해가 되었다. 아름다운 풍경이 보이지 않아도 둘의 과정이 참 멋졌다.

조곤조곤 이야기를 나누다보니 이런 순간이 참 감사했다. '남편이 달라졌어요'라고나 할까? 불과 두 달 전, 온유가 장애진단을 받고난 뒤 남편은 그 충격으로 정신을 못 차렸다. 온유는 평소처럼 고집 피우다가 약간의 위험할 뻔한(최악의 경우 차 문에 손가락이 끼여 뼈가 부러지는 정도)상황이 생겨도 극도의 스트레스와 불안을 느낀 남편은 온가족이 앉아있는 차 안에서 '다 같이 죽어버리자'고 고함을 질렀다.

그 뒤, 나는 심각하게 고민을 했다. 이런 사람과 계속 살아야 할까. 더 힘들고 어려운 순간들도 많을 텐데 그럴 때마다 불같이 화를 내며 막말을 내뿜는 이 사람과 함께 사는 것이 두 아이들에게 바람직할까. 한참을 생각했던 것 같다. 가까이 사는 형님(남편의 누나)께도 넌지시 알고 계시라고 말할 만큼 깊이 고민했다. 살면서 깨달은 사실은, 남편은 작은 공포도 최악을 상상하는 사람이었다는 것이다. 그런 남편에게 온유의 진단명은 나와 다르게 다가왔을 것이다. 하지만 그 당시 내가 너무 지쳤기 때문에 남편까지 다독이며 삶을 이끌어가기가 벅찼다. 그래서 정말 진지하게 따로 지낼까 고민했었다. 그런 나를 위로한 사람은 아들이었다. 아들은 화내는 아빠라도 매일 보고 싶다고 했다. 그렇게 우리 가족은 조금씩 견디고 받아들이는 과정을 거쳤다.

불과 두어 달 전의 일이다. 그 때는 지금의 대화를 나눌 수 없는 사람이었다. 첫째를 임신하고 중학교 특수반 발달장애 아이들과 미술수업을 하는 내게 뱃속 아이에게 영향 미치는 것 아니냐며 일을 그만두라고 했던 무지하고 이기적이었던, 컴퓨터만 아는 남편이었다(내 일을 정확히 알고 존중해주는 사람인 줄 알았다가 아닌 걸 알고, 속아서 결혼한 건가 싶어 기절할 뻔 했다). 그런 사람과 지금은 대화 주제의 반을 장애와 인권, 부당한 대우와 장애인에 대한 공감으로 나누게 되었다. 오직 온유의 힘이다.

사실 알고 보면, 나도 달라지고 진유도 달라지고 주변 가족들과 이웃사촌들도 달라지고 있다. 난 첫째가 책 속의 평균발달보다 빨리 자라줘서 온유가 아니었다면 '느린 아이'들에 대해 머리로만 이해한 척

엄마들을 코칭하고 마음으로는 공감하지 못했을 것이다. 친정 가족과
시댁은 주변에 장애를 지닌 사람이 없어 동정의 대상으로만 바라볼
뿐 더 이상의 이해와 관심은 없었을 것이다.

　　온유가 복이라고들 한다. 그런 이야기를 들을 때마다 '그런
복이라면 안 받고 싶다'고 마음속으로 외쳤다. 이런 게 복이면 당신이
받으라고. 난 안 받고 평범하게 살고 싶다고. 그런데 이제 조금 그 말
을 마음으로 받아들이게 된다. 나는 이 새로운 세상을 알기 전으로 돌
아가고 싶지 않아졌다. 여전히 매일이 힘들고 지치고 울고 싶고, 화나
고 속상하고 미칠 것 같은 순간들의 연속이지만 온유가 평범한 그냥
아이인 순간을 상상할 수가 없다. 그냥 존재 자체로 예쁘다. 남편이 함
께 해주니 산티아고 순례길을 같이 걷는 듯하다. 이제 힘든 고비는 넘
긴 것 같다. 발에 물집도 다 터졌고 군살도 생겨 풍경 감상과 함께 자
연의 내음도 맡을 여유가 생긴 것 같다.

사랑해 하트

이 말을 적고 싶었구나.

'이온유'

이름 석자를 힘겹게 쓰고는 뭘 쓰고 싶은지 한참을 내게 말했는데 내가 계속 못 알아들었다. '사랑해'와 '하트'를 짜증내지 않고 포기하지 않고 표현해줘서 고마워.

내가 기다리는 게 어려울 뿐

그까짓 케첩, 내가 가서 후다닥 가져오고 싶었다. 오랜 까치발
과 애타는 눈빛은 부모 눈에만 보일 뿐 직원들의 눈길을 받기는 쉽지
않다.

기다리면 잘 가져온다. 내가 5분 기다리는 게 어려울 뿐…. 타인과
의 소통에서 기쁨을 느끼는 온유인데…. 내가 인내하는 방법을 배워
야 한다는 걸 느끼는 요즘이다.

소통과 인내

어제 아침부터 온유에게 맞았다. 맛있는 홍시를 더 안 주고, 유치원 마치고 집에 오면 준다고 했다가 발로 허벅지를 밟히고, 운동화 혼자 힘으로 신으라고 했다가 신발로 머리를 맞는 순간 온유 손에 있는 신발을 빼앗아 어깨를 때려줬다. 신발을 뺐는 내 손에 순간적으로 얼마나 많은 힘이 들어갔는지 중지 손톱이 반쯤 들려서 피가 났다.

내가 온유에게 맞아보니 그 아픔을 알겠다. 진유에게는 이해하라고 한두 번도 아닌데 피해서 네 방에 있으라고 했었다. 꼬집혀 피가 나고 얼굴에서 안경이 날아가는 남편에게는 '당신이 얼마나 애한테 오냐오냐하면 그렇게 하겠냐.'며 자신 만만히 큰소리 쳤었다. 일곱 살 여자아이에게 맞으면 얼마나 아플까 싶지만 예상치 못한 순간에 방어하지 못하고 맞으면 정말 아프다는 것을 알았다.

마음을 먼저 공감해줘야 하는데 내가 시간의 여유를 주지 않고 윽박지른 것도 생각하지 못했다. 더 많이 알려주고, 안 된다고 말하고 '네가 때리면 다른 사람도 아프다'는 것을 이해할 수 있게 가르쳐야지 다른 방법이 없다. 온유가 인내하며 하트를 설명했듯이.

또 다시 죄송합니다

오늘 온유의 문화센터 첫 수업을 다녀왔다. 교실 문의 작은 투명 창으로 보이는 벽에 걸린 거울을 통해 요리조리 온유를 지켜 본

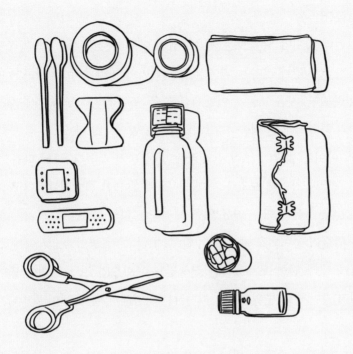

온유에게 맞았다

　　　　일곱 살 여자아이에게 맞으면 얼마나 아플까 싶지만 예상치 못한 순간에 방어하지 못하고 맞으면 정말 아프다는 것을 알았다. 아이에게 먼저 공감해줘야 하는데 시간적 여유를 주지 않고 윽박지르고는 순간 당황했다.

결과 40분 수업에 35분을 신나게 잘 했다. 규칙도 잘 지키고 룰도 잘 이해했다.

그런데 마지막 5분, 모든 체육수업의 마무리는 짐보리 비눗방울인 것인지 그 시간에 온유는 옆에 있는 여자아이 머리를 두 대 아프게 때려서 울렸다. 처음 보는 아이에게 맞아 두 볼이 빨개지도록 엉엉 우는 아이와 엄마에게 난 죄송하다고 또 말할 수밖에 없었다.

'제 아이가 발달이 느려서…'라는 말은 하기 싫었다. 그냥 다음 주까지 수업에 참여해 보고 도저히 안 될 것 같으면 취소해야겠다고 마음먹었다. 온유가 아무 이유 없이 때리지는 않았겠지만 수십 가지 상황을 만들어 물어봐도 속 시원히 알 수가 없고, 네 명이 수업하는데 그 상황에 대해 전혀 모르겠다는 선생님도 문화수업 진행 경험이 많아 보이지 않아서 더 물었다가는 채근하는 모양새가 될 것 같아 말았다.

정당한 이유가 있다고 해도 누군가를 때리는 것은 잘못했으니 아이와 엄마에게는 미안하고 죄송하다고 사과했다. 다만 마음에 담아두고 아파하기가 싫다. 그만 속상해 하고 싶다. 온유와 나는 다음으로 전진해야 하므로….

행복했던 송금

어제 온유는 처음으로 발달센터가 아닌 학원에서 다른 아이들과 미술수업을 했다. 진유가 다니는 미술학원 선생님이 온유를 보시고는 다짜고짜 7세 수업에 넣으라고 하셔서 생각치도 못하게 받은

그만 속상해 하고 싶다

온유와 나는 다음으로 전진해야 하므로….

수업이었는데 돈으로 환산 불가능한 수업이었다.

　한 시간 동안 서너 번 교실 밖으로 나오기는 했으나 친구들이 불러 다시 들어갔고 수업을 마치고는 엄청 뿌듯해 하며 행복해했다. 다른 아이들과 달라 보이지 않았다. 아이들과 한데 다 섞여 내 아이가 어디에 있는지 눈에 띄지 않았다.

　수업료를 보내드리고 계속 수업을 받기로 했다. 내 평생 가장 행복한 이체였다.

수업마치고 집에 오자마자 그린 그림

'같은 반 아이'와 친구는 다르다

학교폭력을 당한 한 아이가 가해자를 '친구'라고 지칭한 피디에게 그 아이는 '친구'가 아니라 '같은 반 아이'라고 말한 방송을 본 기억이 있다. 같은 반에서 지낸다고 하여 반 아이 모두가 친구는 아니다. 내 아이가 속한 반에 친구가 한 명도 없을 수도 있다. 다른 반에, 다른 공간의 다른 나이의 사람이 친구일 수도 있다.

온유에게 친구는 누구일까? 유치원 같은 반 아이들을 만나면 너무 반갑고 같은 시간 하원하는 다섯 살인 동생 상우도 너무 좋아한다. 오빠 친구의 동생들도 매일 보고 싶어 하고 예전 어린이집 언니 오빠 동생, 같은 반 아이들도 그렇다. 보면 반갑고 같이 놀고 싶고 함께하는 것만으로도 재미나고 같이 시간을 보내고픈 사람들이 온유에게는 친구가 아닐까.

그런데 그 아이들에게 온유는 '친구'가 아닐 가능성이 크다. '그냥 같은 반에 있는 아이'일 가능성이 훨씬 높다. 오가며 마주쳐도 인사 한번 먼저 해주는 아이가 없다. 온유가 언제나 반가워 먼저 격하게 인사를 한다. 그러면 그 아이는 엄마에게 쭈뼛쭈뼛 무엇인가를 이야기한다. '엄마, 선생님이 그러는데 쟤는 좋아도 때린대.', '그래?' (쏙닥쏙닥)

가끔 통신망에 올라오는 유치원 사진을 유심히 본다. 그래도 이 아이들은 무의식 중에 온유로부터 몸을 피하거나 같이 있기를 꺼려하며 사진 찍기 싫어하는 모습이 없다. 특수반 선생님의 끊임 없는 중재 덕분이라고 나는 생각한다. 온유 근처에 앉기 싫어 하거나, 같이 사진 찍

기 싫어하고, 온유 옆자리에 배정받으면 다른 곳으로 이동하고 싶어 울먹이는 모습을 숱하게 보아오면서 상처를 받아온 나로서는 그저 다행일 뿐이다.

마음 같아서는 다른 학부모들에게 온유를 이해시켜주는 적극적인 교육을 바라지만 내 욕심일 수 있으므로…. 그래도 언젠가 온유에게 진정한 친구 한두 명만 생겼으면 좋겠다. 온유의 서툰 행동 안에 있는 따뜻한 마음을 알 수 있는 친구.

솔직함과 사회성 사이

온유가 다니는 유치원에서 어제 부모참여수업을 진행했다. 네 가지 코스 중 첫 번째는 유치원에서 이어진 숲속 정자에 가서 자연속 보물을 찾는 것이었다. 온유와 자연보물도 신나게 찾고 진짜 보물 찾기도 해서 선물을 받았다. 온유는 선물이 무엇인지 궁금해 예쁜 사탕포장을 당장 찢고 싶어 했다. 내려가면서 사진을 찍어야 하니 이따가 뜯자고 달래서 이미 뜯긴 한쪽을 잘 가리고 내려오는 길에 사진을 찍었다.

약속을 잘 기억하는 온유가 사진을 찍고는 바로 포장을 찢었는데 선물이 너무 멋진 거였다. 다른 아이들도 삼삼오오 포장을 뜯고 싶어 하는 눈빛이 역력했다.

"엄마, 이건 집에 가서 뜯는 거지, 그렇지?"

엄마 눈치를 보며 동의를 여러 번 구하던 한 아이가 마지못해 포기한 엄마의 대답을 듣고는 다른 두 명의 아이들과 같이 선물포장을 뜯어 버리고 세상 행복해 했다.

'너희들도 뜯고 싶었구나….' 뜯고 싶지만 뜯지 못하는 아이들. 엄마가 지금 뜯는 것을 싫어할 것 같아 참는 아이들에게 온유의 행동은 어떻게 보였을까. 다른 아이들에게 피해되지 않는 선에서 자기가 하고 싶은 것을 당당하게 하는 솔직함이 부럽지는 않았을까? 난 이런 온유의 행동을 세상이 만들어둔 '사회성'이 부족한 것이 아닌 '솔직함'이라고 부르고 싶어졌다.

어제의 이 작은 에피소드를 저녁시간 가족과 나누면서 오래 전의 일이 떠올랐다. 15년 전 즘의 일이다. 복지관에 처음 자원봉사를 신청해 미술지도를 받고 싶어 하는 발달장애 중학생 1학년 아이를 만난 날이 기억났다.

여름날이었고 복지관 안 미팅장소가 후덥지근하니 습하고 더웠다. 하지만 나는 말을 못했다. 담당자가 알아서 에어컨을 틀어주면 모를까 말하기가 꺼려져 땀을 삐질삐질 흘리면서 꾹 참고 있었다. 그 때 00이가 어머니와 미팅룸에 들어오자마자 "더워요!"를 남발했다. 그제서야 당황한 담당자가 "아 그래요?" 하며 에어컨을 틀었다.

00이는 사회성이 부족한 것일까 자기 감정에 솔직한 것일까. 땀을 흘리며 더위를 참고 있는 나는 과연 사회성이 좋은 것일까. 이런 저런 생각에 온유의 당당한 솔직함이 너무 부러운 어제였다.

나는 하고 싶은 것을 하고 있나? 뭔가 온갖 이유를 당위성으로 내걸며 쉽게 포기하고 있지는 않은가. 이 사람과의 원만한 관계를 유지하는 것이 그렇게 중요한가. 이 그룹에서, 모임에서 밀려나거나 멀어지는 것이 뭐가 두려운 것일까.

너의 강점

3년간 센터와 병원을 오가며 살다보니 온유에 대한 강점보다 부족한 점, 뒤쳐지는 점, 정상발달 범위에 있지 않은 점들만 들으며 살아왔다. 너무 오랜 시간 들어서일까, 많은 부모들이 3년이 고비라던데 나도 그 3년째여서 그런 것일까 싶지만 어쨌든 더 이상 최소한으로 꾸준히 발달시켜야 하는 부분 말고는 수많은 단점에 대해 듣고 싶지 않

아겼다.

나뿐 아니라, 온유도 요즘 들어 자기 이야기에 예민하다. 잘한다는 이야기보다 부족한 부분에 대한 이야기를 듣는 것이 힘든 것 같아 보인다. 그래서 센터를 집 가까이 옮기면서 당분간 쉬어가기로 마음먹었다. 그리고 그동안 메여있는 시간표 때문에 못했던 많은 일들과 온유의 강점을 더 많이 찾고 이야기해 주기로 결심했다. 온유가 잘하는 것은 무엇일까?

열정이 넘친다

유치원 가기 전에 한글공부하게 점선으로 써 달라고 하기도, 저녁을 먹고 나서는 아빠를 앉혀놓고 카드 공부를 시키기도, 주말인데 자고 있는 내 옆에 와서 '가방'을 적어달라기도 한다.

개어둔 빨래를 다시 개거나, 옷장의 옷을 정리한다며 다 꺼내놓거나, 아직 덜 마른 빨래를 걷거나, 청소를 한다며 물티슈를 한 통 다 뽑거나 쉬지 않고 움직인다.

맑고 밝다

매사에 참 맑고 밝다. 슬플 때와 혼날 때 잠시, 하고 싶은 거 못할 때 잠시를 빼고는 대부분의 시간이 참 행복하다. 낮잠 자고 일어나면 눈이 초롱초롱 빛나고 뜬금없는 시점에 '엄마 사랑해'와 뽀뽀를 남발한다.

기억력과 관찰력이 좋다

물건의 주인과 위치 등 기억력과 관찰능력이 뛰어나다. 아빠가 회사

명찰을 안 가져간 날, 일어나자마자 이상함을 느끼고 내게 말해주어서 남편이 놓고 간 줄 알았다. 안경 위치와 핸드폰 외향의 차이로 누구 것인지 알아맞추고, 자동차 로고나 같은 디자인을 찾는 능력이 탁월하다. 언니 오빠가 노는 방법을 잘 관찰했다가 똑같이 따라 한다.

아빠와 사이가 너무 좋다

아빠가 낮잠 자고 있을 때 이불을 덮어주는 이는 온유다. 아빠와 있는 시간을 너무 좋아해 주말이면 아빠 껌딱지를 넘어서 스토킹하는 정도. 저녁이 되면 너무 지친 남편이 나를 향해 짜증을 내기도 하지만 나중에 관심 없으면 서운해 할 때가 오니 좋아하라고 달랜다.

야구를 잘한다

온유 나이에 야구를 좋아하는 여자아이는 많이 없다. 어렸을 적부터 오빠 덕분에 자연스럽게 야구에 관심을 갖게 되어 캐치볼과 타자 실력이 우수하다. 공을 멀리 정확하게 던지는 능력이나 배트로 치는 평가를 한다면 온유는 정말 우수하다는 평을 받았을 것이다.

주변사람을 행복하게 만든다

평소에 완전 무뚝뚝한 우리 아빠. 온유 앞에서는 무장 해제된다. 아빠뿐 아니라 엄마, 숙모, 이모, 이모부 등등 온유의 순수한 모습에 다 박장대소하고 기쁨이 넘친다. 온유는 행복바이러스가 있는 것이 확실하다.

미안해 말자

　　에버랜드에 다녀오느라 오랜 시간 운전한 남편을 대신해 온유 샤워를 내가 시켰다. 평소에는 저녁까지 온유를 오롯이 내가 돌보았다는 당위성으로 온유 목욕은 언제나 남편 몫이었다.
　　간만의 엄마와의 목욕시간을 허투루 보낼 수 없는 온유는 욕조에 물을 받아 첨벙첨벙 놀자고 한다. 일 년에 한두 번 할까 말까 하니 선심 쓰는 척 해준다.

"보글보글 거품이 사라졌네!"
"우와! 배가 가라앉았다!"

거품도 만들고 배 띄우기 놀이도 하며 상황에 맞는 언어도 촉진시킨다. 이러면서 놀자니 더 일찍, 더 많이 자주 해줄 걸 하는 후회가 밀려온다. 조금 더 생각해보니 해줬다. 안 해준 게 아니다.
　　그놈의 죄의식은 작은 빈틈을 비집고 스물스물 잘도 올라온다. 했었다. 해줬었다. 책도 많이 읽어 주고 자극도 주고 내 모든 감각의 안테나는 언제나 온유에게 맞춰져 있었다. 내 노력에 비례해 아이 성장이 이루어지는 것이 아니기에 내 풀에 꺾여 힘들고 지쳐 서서히 안 하게 된 것일 뿐이다.

　　오랜만에 탕 속에서 놀자니 즐거웠다. 온유도 만족할 만한 시간을 보냈는지 순순히 물 빼는 것을 허락해 준다. 동물의 왕국에서였던가, 사자는 한 번 찍은 목표물을 놓치는 법이 없다는 말을 들은 기억이 있다. 목표물을 향해 달려가는 동안 더 손쉬운 상대가 있어도 변경하지 않는다고 한다. 그런 고민 자체를 안 한다고 한다. 그냥 처음의 목표물을 향해 전력질주하고 모든 에너지를 쏟는다고. 그 직진 본능이 부러웠다.

'뒤돌아보지 말아야지.'
'더 자주 목욕해야지.'

남편의 눈시울

남편의 회사는 외국계 기업이다. 말만 들어도 다 아는 미국학교 출신들에 입이 떡 벌어지는 가정환경의 직원들까지 부러움의 대상들 속에서 지내서일까, '나는 못 되었지만 너는 만들어주마' 식으로 첫째를 참 들들 볶았다. '네가 갈 곳은 하버드와 다트머스다'라며, 공부를 안 시키는 나를 학구열 없는 무능한 엄마 취급하기도 했다.

온유의 장애를 받아들인 이후 남편은 조금씩 달라지고 있다. 오늘 교회가는 길에 운전석 옆자리에 앉은 첫째에게 소수의 인권에 대한 이야기를 한다. 아마 진유 폰 안에 저장되어있는 '다양성'이란 단어가 시발점이었나 보다.

우리를 먼저 내려준 뒤 주차를 하고 내 곁으로 와 앉은 남편은 아까 다 못한 말들을 조금 더 이어갔다. 그 이야기를 잠잠히 듣고 있다가 "내 아이가 소수가 되어보니 모든 소수들이 보이고 공감되기 시작

하지?" 라고 물으니 그렇단다. 그러다 뜬금없이 "온유가 날 왜 이렇게 낳았냐고 그러면 어쩌지?"라고 말하는 남편에게 무슨 맥락 없는 말이냐고 타박을 주며 말했다.

"그런 말이라도 했으면 좋겠다!"
"하지 왜 못하냐? 할 거야, 우리 온유."

그러고선 안경 사이로 눈물을 슬쩍 닦는다. 조금 있음 반백년 나이가 되어 그런가, 감성적인 사람으로 변신시키는 것은 남편 몸의 호르몬 영향인지, 아님 온유인지 모르겠다.
　진짜 그런 말을 할 날이 올까? 그런 말을 할 때는 좋은 때일까? 그 인지가 되어 행복할까?

전에 지적장애 성인 수업을 몇 년 했는데 개인 상담을 몇 달간 했던 한 분이 참 많이 괴로워했던 기억이 스쳐지나간다. 자기는 어디에도 끼지 못한다며, 이럴 바에는 아예 이런 괴로운 감정도 못 느끼고 생각도 할 수 없는 사람이고 싶다고 했다.

온유가 그런 질문을 내게 해준다면 난 좋을 것 같다. 기다려야지. 그날이 오든, 안 오든 긍정의 강점을 잘 지켜가게 도와주며 더디지만 자라나는 성장을 기대한다.

일상의 진화

온유가 센터 수업을 안 받고 있는 지금. 우리 가족은 보다 여유로운 삶을 살고 있다. 유치원 하원 길에 택시를 잡기 위해 어플로 카카오콜을 부르고, 온유를 다그치지 않으며, 유치원에서 천천히 하원하는 것이 가장 처음 느낀 변화다.

오늘은 무엇을 했는지, 밥은 무엇을 먹었는지, 친구와는 무슨 놀이를 했는지, 학교 담장의 어린왕자는 뭘 하는지, 나무 사이로 청솔모는 보이는지, 나뭇잎의 색은 무엇으로 바뀌었는지, 세월아 네월아 천천히 하원을 한다.

하원 후의 일정은 특별한 일이 없는 한 온유가 선택하게 한다. 이모가 하는 꽃집에 가고 싶은지, 버스를 타고 종점까지 갔다가 돌아오고 싶은지, 홈플러스에 가서 장난감과 토끼를 보고 싶은지, 세차장에 한시간이고 앉아 세차하는 차들을 구경하고 싶은지.

센터 마치고 잡기 어려운 택시들 때문에 퇴근 후 부리나케 달려와 픽업을 해주었던 남편은, 이젠 일을 충분히 마치고 운동을 하고 집에 온다. 내 컨디션이 저녁까지 괜찮은 날에는 저녁을 먹고 혼자만의 시간도 보내라고 했다. 첫째 진유와는 여전히 많은 시간을 보내주지 못하지만 내 짜증이 줄었고, 저녁 이후의 대화가 많아졌다.

 다른 부분보다 언어발달이 가장 걱정이 되어 온유의 언어선생님을 새로 알아보았다. 좀 더 천천히 알려줘도 좋으니 아이 자존감 떨어지지 않게 동화책이나 스토리로 재밌게 수업해줄 수 있는 분이 있나 수소문해 봤다. 많은 곳에서 지금은 학령기를 앞두고 있어서 그렇게 수업할 수 없다는 이야기를 들었다. 수긍했다가 최근 이런 생각이 들었다. 온유의 인지가 4~5세이고, 언어는 3세 아이만도 안 나오는데, 학교생활에서 필요한 착석이나 자조생활 훈련하는 것이 아닌데, 학령기를 앞두고 있다는 뜻은 무엇일까. 6세까지는 가능했지만 7세는 학교 입학을 앞두고 있으니 지금까지 수업했던 방법이 아닌 학령기 수업방법으로 넘어간다는 것일까? 아이가 받아들이는 정도와 상관없이 속도를 높여 강도 있게 수업한다는 것일까? 말이 안 맞는다는 생각이 들었다.

 미술수업이라고 해보자. 아이와 목표를 향해 수업을 잘 하고 있었다. 7세 후반기가 되어 아이가 유예하지 않고 내년 학교 입학을 앞두고 있는 경우, 아이의 자존감 향상이 목표라고 한다면 학령기를 앞두고 있으니 사람 그리는 방법, 나무 그리는 방법 실공간과 허공간의 구분,(실공간을 잘 채워야 선생님들 보시기에는 완성되어 보이니) 색의 이름, 색의 혼합 과정 등을 알려줄 수 있다.

그런데 이 아이가 빨노파 구분이 어렵고 사람의 형태인지가 안 되는

상태에서 얼굴, 눈, 코, 입, 팔, 다리를 반복해 그리면서 따라 그리게 하는 과정이 과연 그 아이의 자존감 향상에 도움이 되는 과정일까? 절대 그렇지 않다.

치료실에서의 수업은 필요하다. 아이 발달을 보다 촉진시키고 많은 노하우와 정보를 치료사 선생님으로부터 얻으며 가정과 연계해 좋은 지원을 단시간에 해줄 수 있다. 대부분의 대학병원에서도, 유치원에서도, 학교에서도, 복지관에서도 센터를 다니지 않으면 큰일 날 것처럼 대하고, 페이퍼 한가득 각각의 센터를 언제 언제 가는지 쓰게 되어 있는 것을 보면, 그런 기준에서는 센터를 안 보내는 내가 이상한 엄마일 거라고 반문하였다. 그런데 이제는 더디 가더라도 센터 수업 이외의 '경험'을 우선하기로 했다.

센터를 셀프 졸업하고 나오니, 서로의 입장을 공감하고 이해하며

배려해주는 만남은 줄어들었다. 그러나 평균발달의 아이들과 만나는 시간이 늘었고 더 많은 고민과 온유에 대해 알릴 기회가 늘어났다. 지극히 온유와 나의 입장이다. 난 큰 이변이 없는 한 이렇게 지니려고 한다.

남매

　　아침을 먹고 샤워를 하고 있었다. 진유와 온유가 싸우다가 남편이 진유를 혼내는 소리가 들렸다.

"이진유! 이리 나와!"

또 뭘 했나 싶었지만 천천히 샤워를 마치고 나왔다. 매번 일어나는 일이기에 다 씻고 나와서 무슨 일인지 물었다. 진유가 접은 종이비행기를 온유가 구겨버려서 열 받은 진유가 인형을 던졌는데 내가 그림 그리던 물통이 엎어지면서 스케치북이 젖은 것이다.

아들은 종종 자신을 분노조절장애라고 한다. 온유에 대한 화를 누르고 누르다가 순간 치밀어 오르는 화를 표출하는 것이 온유를 심하게 때리든가 물건을 던지는 것으로 표현될 때가 있다. 이번엔 그 도구가 인형이 된 것이다. 어르고 달랠까 하다가 요즘 너무 잦게 짜증내는 듯하여 조곤조곤 알려줬다.

"진유야. 온유는 어제부터 비행기 구겼잖아. 같이 놀고 싶은 마음에 그러는 건데 오빠는 화만 내니까 온유가 속상해서 오늘 또 그런 것 같아. 그리고 종이비행기가 그렇게 소중하면 온유 손에 닿지 않게 높이 두든지 다른 곳에 두면 되잖아. 온유도 잘못했지만 이번엔 진유도 잘못했어."

자기는 잘못한 게 없는데 억울해 죽겠다보다. 방에서 귤을 던지고 콘센트 프레임을 부시고 난리가 났다. 교회에 갈 시간이 되어 겨우 데리고 차에 탔다. 안전벨트를 하라고 차는 계속 띠띠거리며 신호를 하는데, 매지 않고 있었다. 그러자 엄마를 화나게 하는 오빠가 미웠던 온유가 진유의 팔을 꼬집으려고 했다. 그때 내가 온유의 손을 딱 잡아 손등과 다리, 등짝을 사정없이 때려줬다.

"오빠 아프게 하지 말라고 했지! 오빠 아프다고! 엄마가 말로 하라고 했지! 오빠는 무슨 죄로 너한테 맨날 아프게 맞아야 해! 너 오빠 아프게 하기만 해봐! 엄마한테 맞아서 아픈 거 기억해!"

울든말든 온몸을 한참 때려줬나 보다. 그러고 난 뒤 진유에게 소리쳤다.

"이진유! 엄마가 온유 혼내니까 좋아? 잘못했다고 때려주니까 억울함이 풀려? 속이 시원해? 잘못 할 때마다 맨날 온유 때려줄까? 그럼 좋겠어?"

정적이 흘렀다. 그리고 교회 도착할 때까지도 진유는 계속 화가 나 있다. 예배를 드리고 나와서는 기분이 조금 풀려있다. 대화할 상태가 되어 나타났다.

진유는 자기가 불쌍하단다. 자기가 왜 매번 양보하고 배려하고, 하나 더 생각해야 하냐고 억울해 한다.

"그럼 어떡해. 온유는 어려운데. 진유가 더 도와줘야지. 우리 가족이 더 사랑해줘야지. 온유 맘에는 악은 없어. 진유야. 그 행동만 보면 엄청 나빠 보이는데 말로 표현이 잘 안돼서 그래. 몰라서 그런 거야. 진유가 '온유는 왜 그럴까?'를 계속 생각해야 해."
"그럼 내가 또 잘못 했네."

"아냐, 우린 다 미숙해서 그래. 엄마가 어제라도 빨리 네게 온유 맘을 말해주고, 엄마 스케치북 별로 중요하지 않으니 널 덜 혼내도 되는데 우린 아직 다 연습 중인거야. 엄마도, 아빠도, 진유도 계속 연습하면 그게 습관이 되고 익숙해져서 우린 우리도 모르게 온유의 행동보다 마음을 먼저 생각하는 사람이 될 거야."

내 말을 듣고 있던 남편이 이어서 말했다.

"맞아, 그건 살아가는데 정말 큰 능력이야. 온유를 생각하다보면 진유는 더 좋은 능력을 갖게 될 거야."

진유는 알았다고, 자기도 조금 더 노력하겠다며, 나중엔 엄마 아빠 사랑한다는 말도 했다. 또 이렇게 한 고비를 넘겼다. 오늘은 결혼기념일이었다.

어제 오늘 기록

1) 온유와 하원 길에 김밥집에서 김밥을 사고 있는데 우리가 타야할 버스가 지나가는 것을 보고 온유에게 알려주자 '어 뜨케' 라고 말했다.
2) 온유가 집에서 아빠와 아이패드로 오락을 하다가 아깝게 지자 '아쉽다'라고도 하더니, 이기고 나자 '이겼다, 좋아!'라고도 했다.
3) 요즘 자기 뜻대로 하려고 강하게 고집을 피우다가 나에게 제지를

사랑

"엄마, 나도 사랑해?"

"그럼, 엄마가 사랑은 줄어든다고 했어, 더 많아진다고 했어?"

"더 많아진다고……."

"온유가 태어나면 엄마의 사랑이 더 커져서 진유 사랑하는 마음은
그대로 있고 온유를 사랑하는 마음이 하나 더 생기는 거라고 했지?
진유를 덜 사랑하는게 아니라……. 엄마가 진유를 얼마나 사랑하는
데……."

온유가 태어나기 전 만 네살이 조금 넘는 아들에게 했던 말이다.
엄마와 놀고 싶고, 공부하고 싶고, 이야기하고 싶고 데이트하고 싶은 열두 살
의 아들은 지금도 여러 방법으로 엄마 사랑을 갈구한다. 그 사랑을 충분히 못
채워주는 것 같아 언제나 미안하다.

당하면 침대방에 가서 큰소리를 내어 울다가 또 '히히히' 웃는 모습이 여러 번 반복한다.

4) 진유와 자기 전에 침대에 나란히 누워 이런저런 이야기를 하는데 오늘은 하루 한 번도 엄마를 도와주지 못해서 미안하다고 한다. 진유는 하루를 마감할 때 반성을 잘한다. 오늘은 핸드폰을 많이 한 것 같다고 했다. 또 엄마를 많이 못 도와줬다고 했다. 크게 다그치거나 혼낸 기억도 없는데 피곤에 지쳐 짜증내는 상황이 아이를 그렇게 만들었나 싶어 미안하다.

요즘 진유에게는 자신을 사랑하는 것에 대해 많은 이야기를 해주고 있다. 너무 채찍질하지 말라고 한다. 스스로 많이 쓰다듬어주고 잘했다고 칭찬해주고 더 사랑해주라고. 시험에서 50점 받았다고 할지라도. 50점 받은 아이가 너밖에 없고, 다 잘 봤다고 하더라도 '와,

나 진짜 공부 하나도 안 했는데 50점이나 받았어. 대박! 틀린 거는 내가 모르는 거니까 뭘 모르나 확인해야지!' 그 정도만 생각하면 된다고.

온유는 최근 감정표현이나 상황에 따른 언어가 다양해졌다. 소리 내어 울거나 하는 것은 평범한데 울다가 큭큭 거리면서 웃다가 다시 우는 이유를 잘 모르겠다.

주황색 작품들

어젯밤부터 아침까지 많은 '주황작품'을 쏟아내는 온유. 나도 큰맘 먹고 사서 처음 쓰는 4만원짜리 붓을 호시탐탐 노려서 쥐어주니 신이 나서 부드럽게 쓱쓱 자유로이 그린다.

'내복이 흘러내려가고 입술에는 곤드레나물을 묻힌 채로 집중하는 네 모습은 진짜 사랑이야. 네 강렬한 작품 옆의 엄마의 소심한 끄적거림은 한없이 작아 보인다.'

몸통 등장

드디어 온유가 사람 그림을 그리면서 몸통을 등장시켰다! 얼굴에 팔다리가 달리는 온유의 그림도 귀엽지만, 두툼한 몸통에 팔다리 붙어있는 이 그림은 온유의 놀라운 성장이기에 크리스마스 선물 같다.

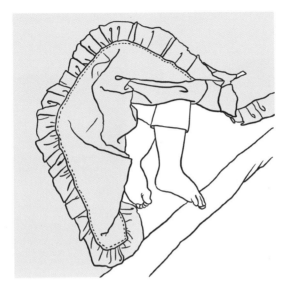

"미안해"

남편이 출근하기 전 해도 뜨기 전인 여섯 시에 자고 있는 온유에게 뽀뽀를 하며 인사를 하고 있었다. 잠결에 누가 제 몸을 건드리자 온유가 팔을 이리저리 휘두르다가 옆에서 자고 있는 나를 쳤다. "아야!" 나도 모르게 나온 소리에 온유가 빛의 속도로 조용하게 뱉은 말.

"미안해……."

그 말을 들은 나는 정신이 번쩍 들면서 동시에 마음이 아렸다. 자고 있는 아이가 '아야'라는 소리에 '미안해'를 반사적으로 내뱉는 모습이 너무 속상했다. 잘하는 것이 훨씬 많은 우리 딸인데…. '미안해' 하라고 너무 많이 시켜서 엄마가 더 미안해, 아가.

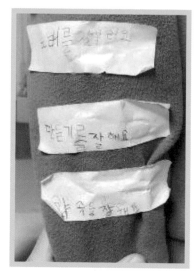

'약속을 잘해요'

미소가 참 에뻐요(예뻐요)

줄널기(줄넘기)를 잘해요

노래를 잘 불러요

만듣기(만들기)를 잘해요

약속을 잘해요

유치원 통합반 친구들이 적어준 온유의 장점들이다. 다른 친구들은 종합장에 붙였지만 온유는 어깨에 붙여 왔길래 하루 종일 보일 때마다 읽어줬다. 읽어주는 내내 온유도 나도 기분이 너무 좋다.

강점만 바라봐주면 얼마나 좋을까. 사람은 왜 무의식 중에도 약점과 결핍에 집중할까.

이제는 보이는 것들

학회자격 유지를 위한 심포지엄 참석이 부족해 사이트를 뒤적거리느라 노트북을 켜고 있다가 온유에게 들켰다. 자기가 하겠다고 하는 통에 포기하고 컴퓨터에 담긴 동영상을 틀어줬다. 온유가 두 돌이 조금 지났을 때 처음으로 어기적 어기적 걷던 때의 영상이 눈에 들어왔다.

몇 달 전에 같은 동영상을 볼 때까지만 해도 '온유는 걷는 게 참 더디었지. 다리에 이상이 있는 게 아닌가 엄청 걱정했는데'라고 남편과 나눴었는데…. 오늘 보니 온유는 확연하게 비장애인 아이들과 달랐다. 발음도 움직임도. 왜 몇 달 전까지는 보이지 않았을까…. 동료 치료사들, 언어치료사 동생은 다 보였을 테고 다 알았을 텐데….

잘 모르겠다는, '언어 때문에 너무 낮게 나온 것 같다'는 내 말을 듣고 참 안타깝게 생각했겠다 싶었다. 지금 보니 보인다. 객관적으로 보인다. 내 아이가 아니었으면 이때도 알았을까. 그냥 우스웠다.

집중력

    최근에 사람 그림을 그리면서 몸통을 등장시킨 건 다 미술선생님들 덕분이었나 보다. 난 엄마여서 그런지 온유가 집중하는 데 도움을 주기 어려운데, 선생님의 수업시간에는 집중을 잘 해서 칭찬을 한가득 듣는다. 선생님은 조만간 혼자서 사람을 그릴 수 있을 것 같다고 했다. 온유에게는 미술수업 언제 가냐며 매주 기다리는 수업이 되었다.

    수업 중간에 엄마 아빠가 있는지 확인하려고 몇 번씩 뛰쳐나가고, 핑퐁 대화가 수월하지 않지만 선생님은 그런 점들보다 강점을 훨씬

더 많,이 이야기해 주신다. 그런 감수성은 타고난다고 하던데, 선생님
도 타고나신 것인지…. 감사하다.

학교, 유치원 선생님이 아니니 구정 때는 선물을 챙겨드려야겠다.
내 정성을 듬뿍, 맘껏, 담아.

엄마에게는 보이는 것

지난주 토요일, 온유와 함께 홈플러스 미술수업에 다녀온 남
편이 말했다.

"온유는 학교에 가면 말을 하지 않을 것 같아."

다른 남자아이는 '선생님은 무슨 색이 좋아요?' 좋알좋알 이런저런 말

도 많이 하는데 온유는 아무 말도 안 한다는 것이다. 어눌한 표현과 발음 때문에 입을 닫은 것 같다는 것이다.

　사진을 받아본 나는 그곳에 있었던 남편과 다른 생각이라고 말했다. 온유는 미술활동에 정말 집중하느라 말이 없는 것이라고. 50분 안에 한 장의 그림을 완성하는 것은 엄청난 집중과 에너지를 필요로 한다. 말에 주눅들은 아이 표정이 아니다.

　온유는 느리지만 아주 조금씩 성장 중이다. 달팽이처럼 눈에 보이지 않는 속도로 이동하지만 끊임없이 전진 중이다. '아이들은 늦든 안 늦든 계단식으로 훅훅 자란다. 온유는 그 한 발 올라갈 계단을 만나기까지의 평지가 좀 길 뿐이다.'

빛은 상처 난 곳으로부터 들어온다

김성남*

> "당신이 원하는 만큼 나를 공부해요. 그래도 나를 알기는 쉽지 않을 거
> 에요. 당신이 보는 나와 진짜 나는 수백 가지 방식으로 다르기 때문이지
> 요. 내 눈 뒤에 당신을 두고, 내가 나 자신을 보듯 나를 봐주세요. 왜냐하
> 면 나는 당신이 볼 수 없는 곳에 머물기로 했거든요."
>
> – 루미

　　남다른 아이들을 가르치는 선생님이 그 남다른 아이의 부모
가 되면 어떤 일이 일어날까? 수십 년간 발달장애아를 자녀로 둔 부모
님들을 수없이 만나왔던 내게도 이런 궁금증은 항상 존재해왔다. 간
접적으로 특수교사나 치료사로 일을 하던 와중에 본인도 장애가 있는
아이의 부모가 된 경우를 몇 번 본 적은 있다. 하지만 그 분들과 속 깊
은 대화를 나눠본 적은 없었다. 이 책을 읽고 나니 그런 부모이자 치료
사인 분과 밤새 대화를 나눈 기분이 들었다. 뇌전증과 발달장애를 가
지고 있는 아이의 부모로서의 고민과 두려움, 세상과의 갈등이 고스
란히 담겨있다는 점에서 다른 장애아동의 부모들의 이야기와 크게 다
르지 않은 것처럼 보이지만, 치료사로서 일해 왔던 경험이 그 위에 쌓
이면서 아이의 상황과 아이를 둘러싼 세상을 보는 시선의 폭은 좀 더

*발달장애지원전문가포럼 / 소통과지원 연구소 대표

넓었고 좀 더 차분했다. 물론 그렇다고 해서 '장애'의 무게가 가벼워지는 것은 결코 아니다. 다만 치료사의 입장과 치료를 받는 아이의 부모 입장을 함께 고민하게 되는 상황이 자주 있을 수밖에 없고 그런 일들 덕분에 조금은 더 넓은 시야를 가지게 되는 것 같다.

"보통 살아가는데 큰 어려움이 없는 아이들은 센터에 가서 심리검사를 받지 않는다. 내가 이 분야에서 일을 해서 센터가 만만하고 문턱이 낮은 것이지 보통의 엄마들이 가벼운 마음으로 센터에 발을 들여놓기란 쉬운 일이 아니다. 그런 곳이 어디에 있는지도 모르고 왜 가는지, 무엇을 하는지, 돈은 얼마나 드는지 부담스러워 학교 선생님이나 어린이집 선생님의 강력한 권유가 있으면 모를까 호기심만으로 가지는 못한다."

"내 아이가 같은 반 아이에 의해 화장실에 갇히고 맞고 오지 않았으면, 그리고 내 아이가 발달이 더디어 센터에서 수업을 받지 않았으면, 나는 내담자의 부모를 만나면서 절대 그들의 심정을 가슴 깊숙이 공감하지 못했을 것 같다.

부들부들 떨리는 몸과 목소리로 가해 부모에게 전화를 걸어 무슨 말을 어떻게 해야 하는지, 내 아이에게는 다음엔 어떻게 대처하라고 얘기를 해애 하는지…. 책속에서 보고 익힌 매뉴얼을 실제 삶의 현장에 적용하는데 느끼는 이 괴리감. 부모로서 느끼는 무력감과 내 안에 언제 이런 것이 있었는지 모를 강한 분노. 내게 수업을 받으러 오던 부모와 아이들이 얼마나 많은 시간의 고민과 갈등을 겪고 어떤 어려운 과정을 거쳐 왔는지, 병원을 예약하고 진료를 받고 의사의 진단이 내려지기까지의 일 분

일 초의 가슴 졸이는 시간이 얼마나 길고 긴지, 내 아이가 아니었으면 나는 절대 몰랐으리라."

이 책의 가장 큰 미덕은 아직 어린, 남다른 아이를 키우는 엄마의 고민과 갈등을 있는 그대로 가감 없이 들여다 볼 수 있다는 점이다. 온유 엄마로서의 고민과 갈등은 장애가 있는 아이를 키우는 부모라면 누구나 해보았을 고민들이기도 하고, 장애가 없는 아이를 키우는 부모들은 해보지 않았을 고민이기도 하다. 그리고 이 고민과 갈등은 우리 모두가 함께 살아야 할 이웃으로서 누구나 한 번쯤은 귀기울여 들어보아야 할 이야기이기도 하다. 심지어 발달장애 전문가 소리를 듣는 나조차도 조금은 더 세밀하게, 발달에 어려움이 있는 아이를 키우는 부모의 마음을 이해하게 되었다.

"어렸을 적부터 남에게 피해주지 않는 삶에 대해 철저히 훈련된 나는, 내 아이가 이미 타인에게 많은 피해를 주었다고 스스로 생각해서 온유와 같이 어울리는 아이들에게 늘 미안하고 지나치게 고마워했다. 첫째 아이에게는 같이 어울려 함께 잘 살아가는 삶을 가르치면서 둘째에게는 너는 어울릴 수 없으니 피해 주지 말라며 기회도 주지 않고 격리시켜온 것이다. 미안해 말라는 이웃의 그 조언을 듣고 그래서 눈물이 났다. 창피하면서 고마웠다."

"사소한 듯 평범한 일상 같은데, 나도 모르게 매일을 가시덤불 속에 들어갔다가 나온 기분이다. 온 몸이 가시에 긁히듯 마음에 작게 긁힌 자국들이 생긴다. 내성이 생길 만도 하지만 뜻대로 안 된다. 온유를 잘 모르는 낯선 사람들 앞에선 잔뜩 경계하고 방어태세를 갖추게 된다. 언제든 어느 순간이든 날 보호한다. 그게 나도 모르게 덜 상처받기 위해 체득한 내 모습인 것 같다."

"센터 수업을 못하게 된다고 해도 당장 큰일이 일어나는 것도 아니고 끊임없이 더 많이 한다고 해도 당장 눈에 띄게 좋아지는 것도 아니다. 끝도 없이 반복되는 삶 속에서 내 만족감을 위해서, 무능감과 죄책감을 덜어보고자 이렇게 계속 돈을 들이는 것은 아닌지…."

때로는 앞이 보이지 않는 안개 속을 운전하는 사람처럼 조심스럽고 두렵기도 하다. 때로는 끝이 보이지 않는 너무 가파른 계단 앞에 서 있는 것처럼 삶이 무겁게 다가온다. 내가 선택한 길도 아닌 가파른 길을 올라가야 할 이유를 찾을 수 없어 숨이 막혀오기도 한다.

사실 전체 계단의 숫자를 알고 있는 사람은 그리 많지 않다. 우리는 그저 첫 번째 계단을 내딛는 수밖에 없다. 잠깐씩 계단참에서 쉬어갈 수 있을 뿐이다. 어쩌면 특별히 운이 좋은 극소수를 제외하면, 고통의 크기는 모두 다르겠지만 누구에게나 삶은 그러한 것인지도 모르겠다.

포기하지 않는다면 그리고 늘 깨어 있다면, 남다른 아이를 키우는 부모는 그 아이를 통해 자신의 삶과 타인의 삶을 더 깊이, 더 넓게 바라볼 수 있는 사람으로 '발달'한다는 것을, 우리는 이 책을 통해 배울 수 있다.

발달장애를 가진 아이의 부모는 '타인들의 눈'으로 자신의 삶을 살기보다는 나 자신의 눈으로, 내가 이해 가능한 방식으로 자신의 삶을 사는 것이 중요하다는 것을 깨닫는다. 현명한 사람들은 느리거나 더딘 성장을 보이는 아이의 삶을 함께 하면서 '견디는 삶'이 아니라 '배우는 삶'을 선택한다. 또는 그런 현명한 사람으로 성장해 간다. 이 책은 그것이 어떻게 가능한지 차분한 목소리로 들려준다.

나는 삶에는 정답이 없지만 분명히 더 '좋은 삶'은 존재한다고 믿는다. 정신적인 발달에 장애가 있는 아이들은 어른들에게 '좋은 삶'이란 과연 무엇인지 고민하게 하고 배우게 한다. 이 배움의 과정은 고통스러우면서도 행복하기도 하다. 배우려는 마음이 있다면 이 고통은 괴롭기만한 고통이 아니라 필요한 고통이 될 수도 있다. 행복을 깨닫게 해주는 약이 되기도 한다.

'발달장애'를 가지고 있는 아이들은 그들과 함께 살아가는 가족들의 마음을 계속 문지른다. 때로는 짜증이 날 정도로, 때로는 쓰라릴 정도로 계속 문지른다. 그러나 문지르지 않고 어떻게 빛이 나겠는가. 남다른 이 아이들은 우리의 마음을 계속 문지르고 닦아내어 빛나게 해준다.

루미라는 현자는 말했다

'빛은 상처 난 곳으로부터 들어온다'고.

경험이란 램프를 들고 가는 엄마와
그녀의 빛나는 딸에게

박현창*

"나는 나의 길을 인도해 주는 유일한 램프를 지니고 있다. 그것은 경험
이란 램프다."

이 말은 "자유가 아니면 죽음을 달라"라는 말로 유명한 미국의 독립혁
명 지도자이자 정치가인 페트릭 헨리의 말이다. 하지만, 굳이 멀리있
는 페트릭 헨리의 말까지 빌리지 않아도 우리는 알 수 있다. 경험이 얼
마나 중요한 것인지. 경험이 수반된 '앎'이 얼마나 강력한 지를 우리는
어렵지 않게 알 수 있다.

그런 의미에서 『느려도 괜찮아 빛나는 너니까』는 강력하다.
책 속에 담긴 내용이 전문적이거나 특별한 정보를 담고 있지는 않지
만 어느 전문 서적이나 많은 정보를 담고 있는 책보다 강력하다. 그 이
유는 바로 저자인 장누리 선생님의 삶이 오롯이 녹아 있기 때문이다.
그렇다. 이 책은 경험의 책이다. 그래서 감동이 있다. 읽고 있다보면
나도 모르게 머리가 아닌 가슴이 움직인다. 그런 강력함이 있다.
뿐만 아니라 책에는 진실된 위로와 격려가 있다. 아파본 사람

*미술치료사/마음미술심리상담센터 대표

만이 아는, 아파본 사람만이 할 수 있는 것 그런 것이다. 결코 흉내내어질 수 없고, 단순한 정보만으로 할 수 없는 그런 위로와 격려. 그 경험의 위로와 격려가 책장마다 새겨있다. 마치 그 동안 장누리 선생님의 삶처럼.

장애아의 부모로 지금을 살아가고 있는 분은 물론, 어떤 엄마가 되어야 할지를 고민하고 있는 분들과 치료사의 역할을 머리가 아닌 가슴으로 채우길 희망하는 심리치료 분야에 종사하시는 분들까지 두루두루 많이 읽혔으면 하는 바람이다. 더불어, 장누리 선생님의 삶 또한 온유의 삶과 더불어 느려도 빛나고 있음으로 응원해드리고 싶다. 엄마로서도, 치료사로서도 충분히 괜찮다며 말이다.